百年百部故事经典

草船借箭

李洪文　著

四川出版集团　四川人民出版社

图书在版编目（CIP）数据

草船借箭／李洪文著．-- 成都：四川人民出版社，2014.1

（百年百部故事经典）

ISBN 978-7-220-08967-1

Ⅰ．①草… Ⅱ．①李… Ⅲ．①故事－作品集－中国－当代 Ⅳ．①I247.8

中国版本图书馆 CIP 数据核字（2013）第 220981 号

草船借箭

李洪文 著

责任编辑	石　云　石　龙
装帧设计	刘俣斌　张翠娟
责任校对	仲伟娟
责任印制	王　飞
出版发行	四川出版集团 四川人民出版社　（成都槐树街 2 号）
网　　址	http：//www.scpph.com http：//www.booksss.com.cn E-mail：scrmcbsf@mail.sc.coinfo.net
发行部业务电话	（028）86259459　86259455
防盗版举报电话	（028）86259524
印　　刷	北京楠萍印刷有限公司
成品尺寸	155mm × 218mm
印　　张	14
字　　数	144 千
版　　次	2014 年 1 月第 1 版
印　　次	2014 年 1 月第 1 次印刷
书　　号	ISBN 978-7-220-08967-1
定　　价	23.80 元

前　言

中华文化数千年传承沿袭，故事作为重要载体功不可没。从人类开始用语言交流起，故事传播就开始了。从茶余饭后的口耳相传，到书肆茶坊的讲史说书，“嫦娥奔月”、“牛郎织女”、“三国”、“水浒”等故事，就这样家喻户晓，代代相传。随着社会文化的发展，故事逐渐进入文学创作，形成一种独特的文体。

新中国成立以来，故事报刊迅猛发展并逐渐成为各原创类文学期刊中发行量最大的门类之一。但故事图书的出版相对滞后，远远满足不了我国文化建设的需求。在这种背景下，我们策划编纂了《百年百部故事经典》丛书。

《百年百部故事经典》是中国原创故事作品和故事家的集大成出版工程，旨在“传承文明、推崇作家、推出精品”。书系既囊括了鲁迅、胡适、郁达夫、许地山、赵树理、鲁彦、穆时英、汪曾祺、陈忠实等名家的故事作品，也收录了范大宇、赵和松、丰国需、崔新三、吴邦国、顾文显、黄胜、王兴菜、梅永远等中国当代主流故事家个人作品单行本，跨越百年，精彩纷呈，展现了中国最有实力的故事家的故事构建与社会观照。

《百年百部故事经典》入选故事篇篇精彩，或是从一开始就紧紧抓住读者的神经，继而移步换景、欲拒还迎，直至将"包袱"抖出，令人拍案叫绝；或是平铺直叙却暗藏玄机，请君入瓮，让人感慨万分……故事虽为文学创作，却像一面面镜子，将人类的爱、恨、情、仇，社会的美、丑、善、恶映射在读者面前，全方位地展现社会各色人物的生活状态及内心世界，而在闹热之后留给读者的，还有一个个令人警醒的哲学命题和人间至理。

玻璃为镜，可以正衣冠；故事为镜，可以照心扉。《百年百部故事经典》的编辑出版，不仅对促进故事文学的创作有着积极的作用，也必将在不断实现艺术创新与文化繁荣的进程中，对滋养国人心性、培育中华民族未来一代健全的精神性格、文化心理、国民素质产生潜移默化的巨大作用和深远影响！

作者简介

李洪文，男，1970年出生于辽宁葫芦岛，葫芦岛市民协理事，葫芦岛作协会员。笔名锦城，萧寒。从2006年写故事至今，已经发表故事500多篇。约300多万字。作品散见于全国的故事刊物。有150左右篇故事被各大期刊和选本选载，并多次在故事大赛中获奖。

目　录

梁祝化蝶兰

1.奇花梁祝兰

天水县建行的副行长名叫牛成宝。这个牛成宝可是一个十足的贪官，贪污受贿东窗事发后，被囚进了大北监狱。

法庭决定对牛成宝的别墅和里面的东西进行拍卖，以弥补他造成的经济损失。拍卖会进行了两天，牛成宝留下的东西大多已经有了新主人，拍到最后，只剩下了一盆兰花和十几件不值钱的零碎物品，摆放在拍卖厅的桌子上。

张睿是植物研究所的研究员，要说这拍卖会和他也不沾边，可是他昨天在电视上看到了那个栽种着兰花的黑石花盆，当时就觉得心里一震，要知道牛成宝的这个花盆可非比寻常。它应该是奎山特产的水润石精雕而成，水润石中间富含细微的锁水小孔，如果花盆浸饱了水，即使一个月不浇水，盆里的花儿也会长得欣欣向荣！这个珍贵的花盆中，怎么会栽种一株普通的兰花呢？

张睿赶到了拍卖现场，用六千元买下了这盆叶子发黄的兰花。等他捧着花盆回到了家里，却被他老婆给臭骂了一顿，贪官的东西沾着晦气不说，就这盆毫不起眼儿的兰花，怎么能是珍稀品种呢！

难道是张睿看走眼了？他把这盆花拿到了植物研究所，找到了南宫静教授，南宫静看着那细长的兰花花叶，也连连摇头，要想鉴定兰花的品种，最关键还是要看它的花朵啊。张睿没办法，只好把这盆看起来干巴巴的兰花，摆在了自己的办公桌上，每天浇水施肥，精心侍弄。

这一天，南宫静把张睿找了过去。原来天水县云歇山的茶园特产银丝铁券茶，可是这种茶由于常年种植，品种早已经退化了，原本极品银丝铁券茶漆黑的叶面上，会有漂亮的银白色丝线状叶脉，可是现在产的茶叶，那些纹路差不多已经没有了。福建有一家茶园也产银丝铁券茶，南宫静派给张睿的任务是去购买茶树苗，然后移植到本地培育，否则天水县的茶叶生产真的快走到绝路了！

张睿来到福建，花高价买来了三千棵茶树苗，刚刚保湿装车，他的手机就响了，打电话的是南宫静，南宫静在电话里用兴奋的语调对他说道："张睿，你买的那株兰花开花了，你快回来，你买到宝贝了！……"

张睿刚要细问，手机电池却没电了，他急匆匆地跳上了汽车的后座，颠簸了一天一夜，终于将茶树苗运回了植物研究所。等他伸手推开自己办公室的房门，一股兰花特有的清香扑鼻而来。

他买来的那株兰花终于开花了！在那二十多个箭形的叶子中间，长出了一条粉色的花茎，花茎的顶端挑着两个艳丽的花朵。花色恰似胭脂复染，捧瓣与唇瓣却呈现白色，两大朵兰花犹如两只彩蝶在凌空翩跹。南宫静教授经过查找资料，最后确认这株兰花就是极其稀少的梁祝兰啊！

如果是一般的梁祝兰，市场价最少也得在三十万到五十万元之间，而张睿这株梁祝兰在《亚洲兰花图谱》中却没有记载，看来这绝对是一株珍稀的兰花品种，要说价钱那恐怕是个天文数字了。

2.贪官牛成宝

张睿按捺不住内心的喜悦，他一边帮南宫静教授做好银丝铁券茶的引种工作，一边更加仔细地照顾好那盆梁祝兰，可是没过三天，张睿却发现梁祝兰的叶子上出现了更大的黄斑。这明显就是兰花营养不良的迹象啊。

张睿急忙找来一大摞的花卉栽培学书籍，他根据梁祝兰的习性，亲自调配了营养液，可是等他把营养液倒进了花盆里，梁祝兰的叶子不仅枯萎得更快了，那两朵兰花也过早地凋谢了。

看着打蔫的梁祝兰，张睿急得满嘴燎泡，他急忙找来南宫静教授，南宫静是培育茶树苗的行家，他对种植兰花也不是很在行啊。

看着张睿着急的样子，南宫静教授摸出了手机，给省城的亲家——珍稀花木培育基地的柳澄清所长——打了个电话，柳所长一听情况，二话没说，坐着下午的飞机，直接飞到了天水县。

张睿开车把柳教授接到了苗木培育基地，柳教授可是个急性子，他和亲家南宫静打过招呼后，拿出高倍的放大镜就站在了那株梁祝兰前，等他仔仔细细地把花儿查看了一遍，惊喜地说道："你们知道它是什么品种吗？"谁会想到，这株兰花的学名唤作叶花双蝶莲瓣兰，俗名就叫梁祝化蝶兰啊，是梁祝兰的九个品种里面最珍稀的一种，它的市场价绝对在三百万元以上啊！

听完梁祝化蝶兰惊人的市场价格，不仅张睿，就连南宫静也大吃一惊。可是现在这株珍贵的梁祝化蝶兰已经打蔫了，得想出一个救活它的办法啊，柳教授沉吟了一下，问道："这株兰花以前的主人是谁？"

张睿一说牛成宝的名字，柳教授点了点头，说道："你带我去见牛成宝，我要问问他原来是怎么侍弄这株梁祝化蝶兰的！"

牛成宝贪污了八百多万，现在正在大北监狱服刑呢。想见牛成宝，只有到大北监狱去了。张睿开着车，和柳教授来到了三百里外的大北监狱，在隔着不锈钢栅栏的接待室，两个人见到了面色苍白的牛成宝。牛成宝正在监狱里的医院接受治疗呢，听说是他的肾功能出了很大的问题。

牛成宝身穿囚服，他用眼睛警惕地看着面前的两位不速之客。张睿也不客气，他开门见山地把得到梁祝化蝶兰的经过讲了出来，最后说道："我们想知道，你是怎么侍弄那盆兰花的，它怎么在我们手里就营养不良了呢？"

牛成宝摸了一把冷汗，磕磕巴巴地说道："什么梁祝化蝶兰啊？你说的是那个水润石花盆里栽种的兰花吗？”

原来牛成宝养的那株兰花是从花市上低价买回来的，他平日里也就是浇点儿清水，施一些普通的花肥，那盆兰花也没经过什么特殊的照顾啊。牛成宝最后说道：“难道那株兰花很值钱吗，这我可一点儿都不知道啊！”

柳教授又问了几句什么，牛成宝却回答得小心翼翼。柳教授一见再也问不出什么，就叫张睿开着车，两个人又回到了天水县。

3.银丝铁券茶

柳教授望着那株快要枯萎的兰花也觉得奇怪，他用小铲子从花盆里挖了一些土，然后用纸袋装着交给了南宫静，看来只有用仪器把泥土分析一下，看看这花盆里土壤的成分和酸碱度是否正常了。

张睿急得围着梁祝化蝶兰也是一个劲儿地转圈。他转着转着，忽然“咦”了一声，原来就在柳教授挖开的花盆土中，竟出现了一些灰黑色发霉的小叶子。柳教授小心地拿起镊子夹起了一片，等他仔细一看，原来这是喝剩下的茶叶啊。以前肯定是有人用喝剩下的茶水浇花来着！

一脸诧异的南宫静教授拿着土壤的分析报告回来，原来花盆里土壤的成分真有问题，这土壤的pH值不仅呈碱性，而且里面镉、铅、铬等重金属都已经严重超标了。

南宫静教授也想明白了，这种被严重污染的泥土也不适合兰花的生长啊，看来这就是梁祝化蝶兰枯萎的真正原因了！

柳教授听南宫静讲完，把脑袋一晃，他根本就不同意南宫静的观点。他将那片灰黑色的霉变茶叶放到了南宫静面前，南宫静对茶叶可有着深厚的研究，她当即认出这片茶叶就是天水县特产的银丝铁券茶。

看上面白色的叶脉恰似银丝，分布得极其均匀，这分明就是绝品的银丝铁券茶啊。要知道现在的茶园茶树的品质严重退化，价值不菲的绝品银丝铁券茶市面上已经难得一见了！张睿看着一言不发的柳教授，心里也纳闷，就算牛成宝每天喝绝品银丝铁券茶，喝完茶后，他再用残茶浇花，这又能说明什么呢，难道这残茶茶水浇花就比花肥还有营养吗？

柳教授连连摇手说道："你们都想错了！"他一分析，张睿和南宫静教授也愣住了。要知道普通的兰花绝难在那饱受重金属污染的碱性花土中生长，更别说是扎根长叶了。这株兰花之所以能在花盆土中吐蕊开花，它一定得有一个缓慢地适应了那个饱受重金属污染的碱性花土的过程。换种说法就是这盆土以前是好土，栽种上兰花后这盆花土才受到污染的。

再说那水润石盆珍贵得很，牛成宝在花市上买来的普通兰花一说根本就不可信，他怎么会把普通兰花栽种到这么珍贵的花盆中呢！看来牛成宝是在撒谎，他一定有什么事情没有交代！

还是南宫静教授有办法，他的一个老同学在省公安厅任职，等他打电话说明了情况，省厅的领导非常重视，当即责令天水县的公安局黄局长成立专案组，到大北监狱，再一次审问了患病的牛成宝。张睿和柳教授也被请去参加了旁审。刚开始牛成宝还一个劲儿地抵赖，可是柳教授一说那个被污染的花盆土的成分，以及水润石盆和普通兰花不相配的分析，牛成宝的冷汗“唰”的一下流下来了。

柳教授说道：“你并没有往花盆里浇清水，你每天浇花用的水都是喝剩下的残茶，我说得对吗？”看着牛成宝点头，柳教授继续说道，“由于云歇山的茶树品质退化，绝品的银丝铁券茶在市场上已经看不到了，而看你花盆土中的那片残茶腐叶，是一年前的旧东西，你告诉我，那绝品的银丝铁券茶你是从哪里买到的？”

牛成宝连说了四五家大茶庄，经过主审的黄局长去打电话核实，却发现那些茶庄早在两年前就没有绝品的银丝铁券茶卖了。牛成宝一看再也搪塞不过去了，便声音发抖地说道：“那些茶叶都是张胖子送给我的……可是那十几斤茶叶也不值多少钱啊！”牛成宝说完，他用手捂着疼痛的肾部，脑袋一歪，晕倒在椅子上了。

4.污染惹的祸

黄局长派人把顺发废料分解厂的厂长张胖子传唤到公安局，还没等调查，张胖子就慌了神，他只得承认，这两年是他不惜高价，把云歇山茶农所产的绝品银丝铁券茶全部买下了，然后都送给了爱喝茶的牛成宝。那些茶叶总共才二十几斤，折合人民币也就一两万元，就算有罪，那也构不成多大的罪啊！

公安局的黄局长没有办法，只好暂时把张胖子取保候审，他带着张睿和柳教授坐上警车，一直来到了云歇山中。

银丝铁券茶的百亩茶园就坐落在向阳的南面山坡上，远远望去，已经有一多半的茶树发黄落叶，枯萎而死了。那三棵产绝品银丝铁券茶的老茶树已经死了两棵，剩下的一棵也是蔫蔫的样子，看模样距离枯萎也不远了。三个人远远地就下了车，装作买茶的模样，和几个愁容满面的茶农交谈，那几个茶农面有怒色，他们指着山上的一条峡谷，说道：“都是那个黑心的张胖子给害的，他把分解厂丢弃的废物，全部都填埋到了峡谷里！……”

丢弃的工业废物污染了山上的水源，山水流淌了下来，茶园的土壤受到了严重的污染，就变成了现在这个样子，茶农们曾经多次到环保局去反映情况，可是张胖子丢弃工业废料的峡谷离茶园最少也得有五里路，环保局也拿不出惩办张胖子的有利证据。

黄局长到顺发分解厂一调查才发现，原来张胖子拆解的东西都是从外国进口的垃圾和废料，有些垃圾和废料根本就是省里明令禁止提炼和拆解的。而且顺发拆解厂设备简单，根本不足以把这些垃圾和废料进行无害化处理。

张胖子建厂的贷款担保人就是牛成宝，张胖子把峡谷当成垃圾掩埋场，还有那建厂的一切执照，都是牛成宝帮着他办下来的。

张胖子为了感谢牛成宝，曾经悄悄地往牛成宝的账户上打了五百多万元，那盆价值连城的梁祝化蝶兰就是他送给牛成宝的。

可是牛成宝万万没有想到，张胖子送给他的茶叶都是被重金属污染过的。他喝完被张胖子丢弃的工业废物污染过的茶叶，就把残茶倒去浇花，一来二去，那株梁祝化蝶兰的盆土也被重金属给污染了，土壤的pH值变成了碱性。那株兰花生命力倒也顽强，它慢慢地适应了那个饱受污染的盆土环境，等张睿一用清水和花肥侍弄它时，它反倒不适应了！这就是梁祝化蝶兰叶子枯萎的全部经过。

牛成宝的肾病也是因为喝银丝铁券茶喝的，若不是牛成宝进了监狱，他再喝一年半载受到严重污染的茶叶，他的小命就不保了！

那盆梁祝化蝶兰脱了一层叶子后，终于又适应回正常的环境，抽芽吐蕊焕发了勃勃的生机。张胖子进了监狱，成了牛成宝的狱友。但愿张胖子和牛成宝经过改造后，也能脱胎换骨，重新做人吧！

通堵王刘一手

1.追师

李岳初中毕业后，就开始在社会上打工，可是他一没技术，二没力气，赚钱对于他来说，几乎等同于猴子下水捞月亮。

李岳打工处处碰壁后，他看通堵下水道的活儿虽然埋汰点儿，却很赚钱，他就花八百元买了一台通堵机，然后来到劳务市场，当上了下水管道通堵工。

现在的劳务市场竞争非常激烈，来一个通堵下管道的雇主，至少有十个管道通堵工上前抢活儿，李岳干了一个月，赚了不到两千元，他正琢磨着自己是否该换个工种的时候，一个名叫刘一手的老通堵工进入了他的视线。

刘一手今年不到六十岁，满脸皱纹，头发花白。刘一手现在每个月要帮儿子刘龙还不菲的楼贷，但是他每天带着通堵机来到劳务市场，却找个角落一坐，根本不和市场上的同行抢生意。

可是每次遇到同行们谁也干不了的难活儿，只要他出马，用不了十几二十分钟，那堵住的下水道就开始“哗哗”地往下淌水了。

市场上的通堵工们都说，刘一手有一样绝门的疏通下水道的绝活，可是这绝活是什么，却没有一个人知道。劳务市场疏通一次下水道，论难易的程度，分三十元到一百元不等。可是刘一手疏通下水道明码实价是一次二百元。

李岳决定拜刘一手为师，可是刘一手听完李岳的要求，拍了拍挂在腰上的酒壶，说：“你要拜师跟我学喝酒吗？呵呵，你找错人了吧？”

李岳虽然碰了一鼻子灰，但他却坚信“精诚所至，金石为开”的道理。李岳打定主意后，再到劳务市场上，每天就以刘一手为中心了，刘一手热了，他就给扇扇子，刘一手渴了，他就给买矿泉水，刘一手去干活儿，他就在后面拎着通堵机。

刘一手的心也是肉长的，时间一长，他就不好意思再疾言厉色地撵李岳走了。

一转眼就到了端午节，刘龙从刘一手那里要了一笔钱，领着女朋友去海南岛旅游去了。李岳左手拿着雄黄酒，右手拎着两提稻香村的粽子，上门给孤零零的刘一手过节来了。

刘一手半斤雄黄酒下肚，言语不清地说：“李岳，我收你为徒可以，但你小子记住，将来一定不许说后悔呀！”

李岳听刘一手竟答应收自己为徒，跪在地上“咣咣咣”就磕了三个头，口中叫道：“师傅放心，我绝对不会说后悔这两个字！”

2.偷艺

李岳拜师后，刘一手每个月只给他开一千五百块的工资，收入锐减还不是他最闹心的事情，最叫他发愁的是刘一手根本不教他通堵下水道的绝技。

刘一手每次领着李岳干活儿，都是找不同的借口，将李岳支离干活儿的现场，令李岳根本没有偷艺的机会。李岳想了很久，最后终于有了主意，那就是将刘一手的借口全都堵死，看他还有什么理由不让自己偷艺。

这天，刘一手接了一份通堵一座老居民楼下水道的活儿，李岳拎着通堵机和刘一手赶往现场。这是一座老居民楼，下水管路年久失修，设计的弯曲度又不合理，经常会发生被堵的现象。李岳带上塑胶手套，先将洗手池下水道的盖子启开，然后再将下水管中淤积的一部分臭水抽走，做完了准备工作，刘一手先是以安全为由支走了雇主，然后他对李岳说道：“我的烟没了，你下楼给我买包烟来！”

李岳伸手在衣兜里一掏，竟掏出了一包他早就准备好的红梅烟。刘一手尴尬地咳嗽了一声说：“那你下楼给我买瓶矿泉水吧！”

李岳说道：“师傅，我的背包里不仅有矿泉水，还有老烧酒、打火机、下酒菜，您需要的所有东西我都给您带来了！”

刘一手见李岳竟敢和自己玩心眼儿，点了点头说：“那你就先用通堵机干活儿吧！”

刘一手吩咐完李岳，就到楼下凉快去了。

李岳用通堵机的钢丝疏通了两个多小时的下水道，可是下水道因为拐弯太多，钢丝根本就够不到下水道深处被阻塞的地方。就在李岳累得一屁股坐倒在地的时候，刘一手从楼下摇着扇子回来了。

刘一手面对雇主的埋怨，说道："李岳，你先将这个碍事的通堵机给我抬到门外去！"

李岳还以为自己听错了，疏通下水道不用通堵机，难道刘一手的胳膊会拐弯，他竟要用手臂清理下水道吗？

李岳将通堵机拎到了门外，可是他再一回头，只见刘一手取下腰畔的酒葫芦，喝了一大口酒，然后嘴巴对着下水道"噗"的一声，那口酒全都被喷到了里面。

刘一手悠闲地拧上了酒葫芦的盖子，然后说道："下水道畅通了，收拾东西回家喝酒去喽！"

那个雇主将信将疑地走到洗碗池旁边打开水龙头，只见那清凉的自来水"哗"的一声，流进了畅通的下水道中。

李岳就好像看到了一场魔术表演，他万分羡慕地道："师傅，您不是会仙法吧？"

3.秘密

刘一手哪里会什么仙法，不过他凭着一口酒，便能将堵得死死的下水道变得畅通，这手绝活，真的让人觉得不可思议。

李岳这次是真的服气了，他到市场上买了七八样熟食，然后又弄了一瓶天水陈酿，到刘一手家，两个人推杯换盏，一直喝到了十一点多钟，刘一手醉醺醺地将身子一仰，“咕咚”一声，倒在床上呼呼地睡着了。

李岳见刘一手醉倒，忙穿鞋下地，摘下刘一手腰里的酒葫芦，他刚尝了一口酒葫芦里浅红色的酒液，便被辣得“嗷”的一声怪叫。

刘一手酒葫芦里装的竟是辣椒酒。李岳心中狐疑，他继续对刘一手搜身，他在刘一手的衣袋里竟摸到了一个长条形状的竹筒，打开筒盖，里面竟有一股奇腥刺鼻的味道。

李岳正欲仔细研究一下这个细长的竹筒，就听刘一手醉醺醺地叫道：“李岳，我口渴了！”

李岳吓得急忙将酒葫芦和竹筒放回原处，然后喂给刘一手几口水。李岳听着刘一手埋怨儿子不上进的呓语，不敢再检查了，急忙上床睡觉。

李岳心里有事，后半夜的觉，几乎是睁着眼睛睡的。第二天一大早，他听着刘一手下地的声音，便悄悄地将眼睛眯成了一条细缝。刘一手先出外小解，然后回来便招呼李岳，李岳假装睡觉，也不回答。刘一手还以为李岳真的没醒，这才弯腰在床下拎出了一个带盖的塑料桶，然后飞快地将三条手指粗细的泥鳅鱼，装到了那根细长的竹筒之中。

李岳直到这时才明白，刘一手通堵下水道的独门绝技竟是泥鳅鱼。泥鳅鱼被刘一手放入下水道后，他再喷一口对泥鳅鱼刺激很大的辣椒酒，泥鳅鱼受到刺激后，就会在下水道中疯狂地往前钻，那么堵塞的下水道，就会一下子变得通畅了。

李岳跟刘一手在劳务市场又混了几天，他也暗中接了几个活儿，用泥鳅鱼和辣椒酒做了几次试验后，证明这招确实对难通的下水道管用，他就离开刘一手自己单干去了。

刘一手在市场上的活儿被李岳抢了不少，一个月后，刘一手忽然不在劳务市场上出现了。李岳心怀愧疚，他也没敢再去看望刘一手。

这天上午，劳务市场的门口停了一辆奔驰车，从车上下来一个胸口刺着骷髅头的中年人，这个人名叫强哥，他最近买了一座别墅，可是二楼的下水道却突然堵住了，找了三五名通堵下水道的高人都没解决问题，他就亲自开车到劳务市场找刘一手来了。

李岳一听强哥的口气，急忙凑过去说道："我师傅最近病了，您要通堵下水道，我可以帮忙呀！"

强哥问道："你要多少钱？"

李岳张口说道："五百！"

强哥说道："五百就五百，跟我上车走吧！"

李岳来到了强哥家里，他先用疏通器的钢丝对便池的下水道口进行疏通，疏通无效后，他又偷偷地往里面放了三条泥鳅鱼，可是一番折腾下来，那个下水道根本就没有通畅的意思。

李岳收拾东西正想走，强哥却把眼睛一瞪道："疏通一次下水道，最高的价也就是二百元，你小子跟我要五百，这不纯属宰人吗？你活儿没干好就想走，那就赔我一千元吧！"

李岳看着强哥醋钵似的大拳头，实在没有办法，只得抄起手机，给刘一手打了个求救电话。

刘一手听说徒弟被困，十多分钟后，便面色苍白地打车来到了强哥的别墅。

强哥在得到刘一手的保证后暂时离开了卫生间，刘一手则在工具箱中取出了一个两尺多长的细长竹筒来。

刘一手扭开竹筒的底端，一条鳝鱼的尾巴露了出来。刘一手在鳝鱼的尾巴上穿了三个锋利的鱼钩，接着这条大鳝鱼便被塞进了坐便器的下水道中。

刘一手怕那条大鳝鱼不好好干活儿，就将一壶辣椒酒随后倒进了下水道中。刘一手侧耳听着下水道“呼噜呼噜”地响了一阵，堵得死死的下水道就被鳝鱼给疏通开了。

李岳拿着强哥给他的五百块钱，然后跟在刘一手身后，就来到了刘一手家中。

可是李岳刚走进刘一手家，就一下子愣住了，只见堂屋的墙上挂着刘龙的遗像，李岳惊问道：“师傅，这……这是怎么回事？”

刘一手两只眼睛流泪，他从刘龙遗像后面拿出了一个锈迹斑斑的鱼钩。刘龙前些日子和朋友们去野浴，可是游泳上岸的时候，脚底却被鱼钩给扎中了。

刘龙被锈迹斑斑的鱼钩扎中后，根本没有注射破伤风疫苗，红肿的伤口引发了败血症，刘龙年纪轻轻，便因为一个鱼钩丢了性命。

刘一手遇到特别难通的下水道的时候，会在泥鳅或者是鳝鱼的尾巴上穿上鱼钩，这些鱼钩就会随着鱼儿游动，将下水道中的抹布、菜叶和塑料袋等杂物钩走，这就是他疏通下水道的终极秘密！

刘一手用泥鳅和鳝鱼疏通下水道，这可是在杀生，十条有八条泥鳅和鳝鱼都会死在肮脏的水井中，偶尔有几条泥鳅和鳝鱼游归江河，莫非致死刘龙的那个锈迹斑斑的鱼钩，便是刘一手穿在鱼尾巴上的？……

刘一手痛心疾首地道："这都是我做的孽呀！"

李岳安慰他道："师傅，那个鱼钩很有可能是钓鱼者不小心失落的！"

"不会，不会，一定不会！"刘一手连连摇头，说道，"我用那个卑鄙的法子，疏通过无数的下水道，可是到后来，我的心却越来越堵，越来越堵呀！"

李岳还想安慰刘一手几句，但他真的不知道还能说些什么……

百鹊舌

竹林县最近一年来，不知道什么原因，竟无端丢失了不少小孩子，窃童案发生后，竹林县人心惶惶，个个自危。前任县令因为破案不力，被朝廷免职，十天后，竹林县的继任县令牛睿牛大人走马上任了。

牛大人望着黑压压跪满了堂口的苦主们，拍着胸口，保证道：“请大家放心，多则三个月，少则二十天，本大人一定要破了这一连串的窃童案！”

竹林县地处山区，风大寒冷，气候反常，牛大人刚领着钟师爷查了十天案子，就感染了风寒，每天大咳不止，最后一头病倒在床上。

钟师爷经大夫介绍，从本县富商林半城那里讨过来一张治疗痰咳的秘方。林半城把秘方交给钟师爷时，还不放心地叮嘱道：“钟师爷，您给牛大人用秘方上的药物疗病的同时，可一定要给大人加强营养呀！”

牛大人是个清官，每月的俸禄除去日常的开销，经常是捉襟见肘。钟师爷坐在马车上琢磨：给牛大人买点儿什么东西才能更好地补身体呢？

马车走到十字街，忽然被一道排队的人流挡住了去路，钟师爷下车一问，百姓们原来是在买林家菜馆的清蒸鸡。林家菜馆就是林半城的买卖，因为所卖的清蒸鸡喷香熟烂，兼之价廉物美，所以十分畅销。

钟师爷买了两只用荷叶包着的清蒸鸡。这两只清蒸鸡一共才六个老钱，果然十分便宜。

钟师爷被牛大人留在县衙和他一起吃晚饭。那两只清蒸鸡做得果然地道，一上筷子，鸡肉便离骨而落，吃到嘴里，香滑酥嫩。牛大人虽然有病，可也吃了半只。

钟师爷一边吃鸡，一边皱眉，吃到最后，他却把筷子放下了。牛大人看着钟师爷拧眉思索的模样，说道："钟师爷，有什么不对的地方吗？"

钟师爷吧嗒了几下嘴，说道："如果我记得不错，买这样一只活鸡，至少要三个老钱，林家菜馆将活鸡做成美味的清蒸鸡出售，费工费力，最后还卖三个老钱，这赔本赚吆喝的买卖谁会干呀？"

钟师爷决定去查查。他摸黑来到了林家菜馆的后门。林家菜馆早已经打烊了，可是店内的伙计却没有收工，他们正在杀鸡煺毛，为明天作准备。

钟师爷隔着窗户盯着楼后厨房里的动静，看着看着，不由得

“咦”了一声，一般蒸鸡的厨房应该水汽腾腾才对，看着林家菜馆厨房里的灶台下面炉火熊熊，怎么就不见有水蒸气从窗口冒出来呢？

时间已经到了二更，在厨房中忙碌的伙计们已经开始散去。钟师爷等厨房中静了下来，推开了一扇虚掩的窗户，从外面跳进了厨房。借着星月的亮光，钟师爷凝目一看，这才恍然大悟：原来那蒸锅笼屉上面扣着一个密封的木盖子，盖子的顶端连着七八根弯曲的竹筒，竹筒从房顶上钻出，直接通到外面去了。

钟师爷还要细看，就听前面的菜馆中传来了人声，吓得他“嗖”的一声跳出窗子，转身跑进了黑胡同中。

第二天一大早，钟师爷把昨夜的所见所闻和牛大人一说，牛大人也来了兴趣。牛大人坐在马车上，两个人来到了林家菜馆后面。还是钟师爷眼尖，借着清晨的阳光，他兴奋地叫道：“我知道是怎么回事了！”

探出林家菜馆的竹筒在瓦房的屋顶上拐了个弯，然后长蛇一样，钻进了隔壁一座二层楼房的墙壁。

隔壁的二层楼也是林半城的买卖，那是竹林县有名的天香酒楼。天香酒楼的招牌菜就是竹鹊。竹鹊可是竹林县的特产，是一种比鹌鹑大，但不会飞的竹林之鸟。酒楼厨师将其制成了五香竹鹊，不仅味美可口，价钱也非常公道。

钟师爷再次夜探天香酒楼，经过调查，他才明白了事情的真相。后来林家菜馆蒸制清蒸鸡的时候，那从蒸笼里飘出来的水汽，全都沿着竹管，齐聚到天香酒楼的蒸笼中，那些竹鹊经过裹挟着鸡香的水汽蒸制，才能成为地道的五香竹鹊。

在蒸制五香竹鹊的过程中，清蒸鸡只是起到了调味的作用，怪不得卖得那么便宜。

钟师爷探明情况回到县衙，牛大人看着钟师爷拿回来的三只五香竹鹊，惊奇地道："真如你所说，那五香竹鹊应该卖得很贵才对，可是五香竹鹊卖得也很便宜，这究竟是什么原因呢？"

两个人研究了半天，也没弄明白这里面的奥秘，钟师爷一摆手说道："牛大人，我们还是边吃边研究吧！"

三只五香竹鹊下肚，钟师爷忽然指着吃剩下的鸡头叫道："我发现原因了，这三只五香竹鹊口中的舌头都被剪掉了！"

竹鹊因为喜食半夏，又名半夏鹊，治疗牛大人的痰咳之症，每种药方之中，都会有半夏这味药在里面。五香竹鹊喜食半夏，它口中的舌头聚集了半夏药用成分的精华，如今竹鹊的舌头被剪掉，一定是被林半城吃到肚子里，治疗痰咳之症去了。都说商人奸诈，今天牛大人可真的是领教了。

钟师爷领着衙门里的几十名差官去山上猎捕竹鹊，差官们手拿弓箭，经过三天的猎捕，只射下来寥寥十多只竹鹊，差役们没有办法，只得向山上的猎户高价收购，几天后，终于凑够了一百多只竹鹊。一百多只竹鹊的舌头被剪下后，厨子精心做了一盘红烧百鹊舌，给牛大人端到了桌子上。

竹鹊的舌头果真有一股浓烈的半夏药味，一盘鹊舌，牛大人刚吃了一半，就感觉全身麻木，口角流涎，最后"咕咚"一声，中毒昏倒在了地上。

钟师爷见牛大人吃鹊舌中毒，一边急传大夫解毒，一边派人去请林半城。林半城来到县衙的时候，十几名大夫正各施手段，抢救牛大人呢。

林半城治疗半夏中毒的经验丰富，他急忙叫人去捣姜汁，他用半碗姜汁，终于把牛大人救醒了。

林半城听牛大人讲完治病的经过，抹去了额头上的冷汗，叫道：“牛大人，五香竹鹊的鹊舌有大毒，我是怕食客误食鹊舌中毒，故此才命人将鹊舌全部剪掉的！”

鹊舌根本就不是林半城治愈自己痰咳之症的秘方，这事情从头至尾，全都是一场误会。

牛大人中了半夏之毒后，原本患病的身体就更虚弱了。临州府的府台张大人听说牛县令病入膏肓的消息，急忙派人骑快马赶到了竹林县。张大人给牛县令送来了一盒祖传的黑色药粉。

这种黑色的药粉用水一冲，虽然有一股刺鼻的腥气，可是却对治疗痰咳之症颇有奇效。经过一个月的治疗，牛县令的痰咳之症终于痊愈了。

可是竹林县的窃童案还没有任何线索，牛大人正在县衙里急得直转圈，钟师爷急匆匆地走了进来。他凑到牛大人耳边低声嘀咕几句，牛大人惊讶地道：“钟师爷，事关重大，你可不要出什么纰漏呀！”

当天晚上。钟师爷和牛大人借着夜色的掩护出城，他们一起骑上快马，领着二十名精干的差役，直奔一百里外的州府而去。

府台张大人的后花园里，几名家丁手里拎着布口袋，鬼鬼祟祟地走到了泥泞的荷花池边——荷花池边的泥地上，早已经挖出了几个土坑。他们正要把提着的布袋子丢到土坑里去，就听墙角的大柳树上响起了一声口哨，钟师爷和牛大人听到约定好的口哨声，领着二十多名差役猛地冲进了后花园，那几个准备埋口袋的家丁正要逃跑，被钟师爷领着差役抓了起来。

打开那几个口袋，袋里就是竹林县丢失的那几个小孩子。这些小孩儿被逼吃百鹊舌的时候，被撒到上面的僵蚕散毒倒，一个个呈现假死的状态。张府的家丁还以为这些小孩儿真的死了，他们本想挖个坑，将这些小孩儿的尸体埋掉，谁曾想他们做的坏事败露了……临州府的府台张大人得到禀报，领着侍卫急匆匆地赶了过来，张府台一看纸里已经包不住火了，他将手一挥，几十名如狼似虎的手下各持兵器，将钟师爷和牛大人团团围了起来。

牛大人大声叫道：“张府台，你干的好事！”

林半城命人剪下竹鹊的舌头，每隔一个月，他都会派快马，将聚集到一起的鹊舌送到临州府……钟师爷觉得这里面大有疑点，就买通了天香酒楼那个负责剪鹊舌的伙计，命他将一包僵蚕散拌到了竹鹊舌头上面。

僵蚕散一旦被活人吃下，三个时辰内都会昏迷不醒，并且四肢僵硬，基本上和死人差不多。

半夏有大毒，它被竹鹊食用后，能治病的药物精华都聚集到竹鹊的舌头上，为了降低竹鹊舌头的毒性，只能用蒸制的办法对其进行减毒处理。林半城每个月要给张府台提供近千只竹鹊的舌头，他自然承受不起这笔不菲的费用，为了减少自己的损失，林半城才特意开了林家菜馆和天香酒楼，然后贱卖清蒸鸡和五香竹鹊来降低自己的损失。张府台为了把竹鹊舌中的半夏药用精华提取出来，就想出了一个邪恶的点子，他命林半城抓来了不少七八岁的小孩子，先由小孩子们少量地吃下竹鹊的舌头，然后再把当成药具的孩子割臂放血，用他们身上含有半夏成分的鲜血，炼制治疗痰咳之症的无毒药物。

张府台恶魔似的笑道："牛县令，你服食过我用儿血炼制的药粉，你也脱不了干系的……哈哈哈，实话对你说，这种药粉早已经被送到了皇宫中，当今天子正在用它来治疗自己的痰咳之症呢！……"

牛县令听完，惊讶得半句话都讲不出来了。钟师爷上前几步，冷冷地道："张府台，知道刑部第一捕头钟天雕吗？"

钟师爷就是钟天雕，老皇帝身患痰咳之症，早已经成了风中残烛，可是张府台送到京城的药粉却有起死回生的神效。当朝太子觉得奇怪，命他和牛县令一起到竹林县，一定要查清这神秘药粉的来历……张府台一听钟师爷就是钟天雕，高叫道："这群人夜入府衙后宅，必定心存不轨，杀，一个不留！"那帮凶恶的侍卫高举兵刃冲上来，他们正待将钟天雕和牛县令杀掉灭口，不想钟天雕振臂飞起，然后恰似一头凶恶的大鹰般直落了下来，他身处半空，对着张府台怒吼道："丧尽天良的狗东西，拿命来！……"

张府台和林半城被钟天雕挥刀杀死，老皇帝治疗痰咳之症的神奇药粉也绝了供应，半个月后，老皇帝在一阵激烈的咳嗽后，狂吐鲜血半升，最后两腿一蹬，龙驭宾天了。

太子终于如愿以偿地当上了皇帝。钟天雕和牛大人直到太子当上皇帝那天，才算明白了事情的终极真相，他们面对这个邪恶的官场，无不感到毛骨悚然，最后两个人一商量，竟一起辞官归隐。二十年后，朝廷上突然传出皇子用毒药害死了在位皇帝的消息。

此时，钟天雕和牛睿正在大槐树下纳凉，他们听到消息，只是淡淡地互望了一眼，然后同声说道：“报应，报应呀！”

剥皮岭

1.剥皮怪病

剥皮岭位于天水市外一百里的地方，这里山高林密，湖泊众多，以前的时候，山里曾有大量的林蟒出没，因此捕捉这些蟒蛇的猎人，便把剥皮岭当成了聚宝盆。

一两丈长的林蟒被猎人捕到后，当即在山上被杀死剥皮，这就是剥皮岭血淋淋名字的由来。

自从森林动物保护法颁布后，林蟒被定为国家二级保护动物，天水市的森林派出所对偷猎者也加大了打击的力度，可是那帮财迷心窍的偷猎者，还是在暗地里干着偷偷猎杀林蟒的生意。

林卓原是剥皮岭林场的场长，他对那帮猎蟒者早就深恶痛绝，就让儿子林晓强考上了警官大学。林晓强毕业后，回到了剥皮岭，从最基层的森林警察干起，三年后，他就成了森林派出所的所长。

林卓有一次领人巡山的时候，发现了一条胳膊长的幼蟒，这条幼蟒的母亲被偷猎者杀死剥皮，失去了照顾，眼看就要奄奄一息了。

林卓就把这条幼蟒捡了回去，每天喂给它蛋清、面包渣，就像养宠物似的养了起来。

半年后，林场解体，林卓就回到了天水市，为了照顾这条渐渐长大的林蟒，他便在市郊租了一个小院。他每天除了和几个要好的朋友喝茶下棋外，便是养蟒自乐。

三年后，林卓养的这条蟒就长成了大蟒，林卓还给这条蟒起了一个名字——小乐。

林卓养蟒的事儿最后被报社的记者知道了，他们就以人蟒共处为题，在报纸上发了个头条，上面还配了林卓怀里抱着小乐的照片。

林卓养蟒的消息上报后，林晓强就急匆匆地回到了家里，林卓看着儿子一脸愁容，纳闷地问："你遇到难事了？"

偷猎林蟒的罪犯虽然一直在剥皮岭活动，但林晓强相信自己，有朝一日，他定能将这个团伙抓捕归案，可现在让林晓强为难的是社会各界对林卓的议论。

林晓强是森林派出所的所长，他干的事情是护蟒，而林卓却在养林蟒当宠物，这岂不是在监守自盗吗？

林卓听儿子讲完话，气得一拍桌子："我几年前要是不收养小乐，小乐还不早就被冻死饿死了？"

林晓强一边连声说是，一边试探着说："爹，我看您最好还是将小乐放生吧。”

林卓权衡半天，他为了不让儿子为难，说：“放生就放生，毕竟剥皮岭才是小乐真正的家！”

林晓强第二天一早，先通知了报社的记者，然后开车直接来到了父亲租的小院门口，林卓抱着小乐上车后，面包车一路飞驰，直奔剥皮岭而去。

父子二人来到了剥皮岭入口的时候，报社的记者们早到了，林卓在当年捡到小乐的地方将它放下，他看着小乐卧在自己脚边不忍离去的样子，用手指着密密匝匝的丛林说：“小乐，赶快去吧，那才是你真正的家，不过我要提醒你一点，你可千万不要落到那帮猎蟒者的手里呀！”

林晓强安慰自己的父亲说：“爹，你放心，小乐有我保护着呢！”

报社的记者将林卓放蟒的经过全都用镜头记录了下来，不用想，放蟒的消息自然是第二天报纸的头版头条。

林卓回到市里后，当天晚上就病倒了，他高热不退，还一个劲儿地说胡话。林晓强急忙开车将父亲送到了医院里。直到第二天一早，林卓的高热才渐渐地退去了。

林晓强刚松了一口气，就见林卓“嗷”的一声惨叫，神情痛苦地从病床上直坐了起来……

林晓强急问道：“爹，您哪里不舒服？”

林卓痛得龇牙咧嘴地说：“我怎么感觉有人在剥我身上的皮？……”

2.赤脚大夫

林卓只觉得身上的皮肤好像在被人剥的感觉，不管吃什么进口药，就是止不住那种钻心的疼痛。

林晓强狐疑地说：“爹，我想您身上的痛，一定是担心小乐的安危，思虑过度才引起的！”

林卓一边呼痛，一边说：“小乐是不是被那帮猎蟒的兔崽子抓起来了，正在剥皮，我感觉太痛苦了，哎哟！……”

林卓得的这种怪病，真把天水市中心医院的专家们都难住了，有的专家说，这种病叫妄想型神经痛，有的专家说这种病名叫神经性心理痛，可是医院不管怎么治，林卓得的这种怪病就是不好！

林晓强将派出所的工作安排好后，日夜不停地在医院守护着父亲，这天半夜，痛得乱哼哼的林卓一把拉住了儿子的手说：“再这么痛下去，我自杀的心都有了，我要出院，不能在这儿待下去了！”

林卓在剥皮岭林场上班的时候，在山下的五道梁村认识一个赤脚医生，这个赤脚医生姓马，马大夫经常上山采集各种中药，给人治疗各种疑难杂症。既然西医不管用，林卓就想去找马大夫，没准儿乡野的大夫就能妙手回春呢！

林晓强也觉得这样拖下去不是办法，就咬牙同意了父亲的要求。第二天一大早，他办理了出院手续，然后开车载着父亲，直奔五道梁村而去。

林家父子来到马大夫诊所的时候，马大夫却背着药篓，进山采药去了。马大夫的老伴认识林卓，她急忙将林卓接了进来。

直到天黑的时候，马大夫这才背着个药篓回来了，他一见林卓，紧走几步，激动地说："老场长，你可把我给想死了！"

"我也想你呀！"林卓苦着个脸，说，"老马，你赶快帮我看看，我身上的皮肤痛得太厉害了！……"

马大夫脱下了林卓的上衣，他刚用手摸了一下林卓的皮肤，林卓就痛得"嗷"的一声大叫，马大夫惊叫道："我知道了，你这是花粉中毒了！"

剥皮岭上有一种有毒的花粉，这种花粉沾到人体的皮肤上，毒素便会侵入到人的毛囊之中。这种花粉所带的毒素，可以使人的皮肤的灵敏度提高到十几倍，别说外力接触，即使是一阵风吹过，都会使人觉得痛苦无比！

林晓强一见马大夫找到了治病的原因，急忙问："马叔叔，您可有根治的办法？"

马大夫说："办法倒是有，只不过我得进山采几样草药！"

林卓一挥手，对儿子说："采药可是个力气加技术的活儿，明天晓强你就帮马叔叔进山采药去！"

马大夫将脑袋晃成了拨浪鼓，连说不用林晓强帮忙。林卓一拍桌子说："老马，晓强虽然不懂采药，可是他总能帮你背着药篓吧，你要是跟我这样见外，我这就回城等死去！"

马大夫一见林卓将话都说到这个份儿上，也只好点头同意，就这样，林晓强就好像尾巴似的跟在马大夫身后，进山采药去了！

3.巧妙破案

马大夫采回了七八种中草药，林晓强将这些中草药杵碎，马大夫则将这些黏黏的药糊，涂到了林卓身上。

说也奇怪，这些怪味刺鼻的药糊被涂到了林卓身上后，林卓身上的莫名剧痛终于被止住了。

可是这些草药的药力一过，林卓又会痛得连喊带叫。马大夫又换了几种配方，可是不管怎么治，林卓身上的莫名疼痛就是不能去根儿。

一转眼，一个星期过去了，林晓强不放心森林派出所的事，他开车回去了一趟，可是回来的时候，却领来了四名全副武装的警察。

这四名警察来到了马大夫家，他们一亮证件，说："请你跟我们走一趟，我们怀疑你和猎蟒的犯罪分子有联系！"

马大夫对着林晓强说："晓强，你可是森林派出所的所长，你最能证明我的清白！"

林晓强说："你清白不清白，到了派出所，不就什么都知道了？"

林卓和林晓强一起，也到了派出所。两名森林警察随后进山，来到放生小乐的那个山坳，他们在山坳旁边的一棵大树上取下来一个微型摄像机。

林晓强当着马大夫的面，大家一起观看摄像机里面拍摄的内容——林家父子将蟒蛇小乐放生后，大家一起下山，不大一会儿，从旁边的灌木丛中，鬼鬼祟祟地钻出了一个微胖的身影，这个身影背对着镜头在地上摆了三块石头，三块石头的石头尖，全冲着小乐爬走的方向。然后这个微胖的身影就钻进树丛，从镜头里消失了。

林晓强跳过了摄像机里的一段空镜头之后，夜晚，一伙蒙面的猎蟒者出现了。他们根据地上三块石头的指引，轻易地就找到了小乐藏身的石洞，可是那个石洞的洞口太小，根本就钻不进人，那帮猎蟒者一无所获，正准备骂骂咧咧离开的时候，在附近埋伏的森林警察冲了出来，可是那帮猎蟒者熟悉环境，一个个跑得比兔子都快，最后全都逃掉了……

原来林卓放蟒，竟是父子俩定的一个引蛇出洞的计策。

从那个摆石头的人的体型来看，确实很像马大夫。马大夫冷笑一声，说："没有看到那个人的脸，你们怀疑是我，难道不怕我到法院告你们诬陷？"

林晓强呵呵笑道："你被我们领到公安局，我随后就给你老婆打个了电话，我告诉她，你出事了，你想想，接下来会发生什么情况？……"

马大夫的老婆天生胆小，她得知马大夫出事的消息后，一定会挨个儿通知那帮猎蟒者赶快离开此地，等着林晓强做的，便只是收网了！

马大夫的面色如土，直到这时候，他才明白自己是彻底失败了，他这个剥皮岭最大猎蟒头子的末日终于来到了！

马大夫最后不甘心地问：“你……你是怎么开始怀疑我的？”

林晓强笑道：“让我给你揭开谜底吧！……”

剥皮岭山高林密，森林派出所的十多名干警根本就顾东顾不了西，每天猎蟒者都会和森林警察捉迷藏。林晓强在山里勘察情况的时候经常发现，在林蟒被猎杀的现场，都会出现三块神秘的石头，那三个石头尖，指的便是林蟒巢穴的位置。

能摆石头的人，自然是那些能够经常进山的人——护林员、采药者或者林场的工人，等等。那些身份各异的人逐一被排除后，最后大家将怀疑的目光一致落到了马大夫身上。

林卓的病是装出来的，他这么做的目的只有一个，那就是以看病为借口，住到马大夫家里。

自从林家父子住进了马大夫家，那帮猎蟒者竟一下子停止了活动。

很显然，是林晓强的警察身份吓住了马大夫。马大夫当时也不知道林家父子上门的背后企图，他只得命令手下停止了活动。谁曾想就是这个致命的漏洞，就让他彻底地露出了狐狸的尾巴……

这时候回望剥皮岭，青山绿水，鸟儿吟唱……

拿贼筋

1.盗界高人

魏三的名字里有个鬼，人干的也是见不得光的事，他是个贼。魏三从十二岁就开始偷东西，这二十多年偷下来，在T市，他也算得上是盗界高人了。

魏三这天在市内的繁华地段转悠了一圈，竟没有发现下手的目标，他失望地来到金鼎百货门口，突然眼前一亮，只见一个女士将一辆漂亮的富士脚踏车停在了路边，然后到百货门口的自动贩卖机上去购买可口可乐。

魏三知道这种进口脚踏车的价格贵得吓人，他一见那辆脚踏车没加锁，便装作若无其事地骗腿儿上车，然后直奔城北的方向骑了过去。

那个丢车的女士一见爱车丢失，当即拿起手机报案，警察根据群众提供的线索，直奔魏三逃跑的方向紧追了过来。

魏三听着刺耳的警笛声在身后响起，他一扭车把，便骑着脚踏车驶进了老城的胡同中。魏三曾经巧妙地利用老城胡同的地形，七八次逃脱了警察对他的追捕。

可是魏三这次不走运，他钻街过巷地逃了一阵，最后被两伙警察困在了带子胡同中。

正在魏三急得要撞墙的时候，忽然从他身后伸过一只手来，那只手在他的肩膀上重重地拍了一下。

魏三吓得一回头，就见身后站着一个身穿灰色衣服的老头儿，这个老头儿年纪绝对超过了六十岁，可是长得鹤发童颜，特别是两个眼睛，闪闪发亮。

魏三哆嗦着嘴唇说道："你要干啥？"

那个老者低声说道："把这台脚踏车给我！"

魏三还想犹豫，可是那老者用手一拨，他就觉得一股大力袭来，他倒退几步，最后那辆脚踏车就到了老者手中。

"认识一下，道上的兄弟都叫我德爷！"那个老者对魏三一边介绍自己，一边伸出铁钳子似的两只大手抓住脚踏车，猛地一阵对折揉压，转眼间，那辆进口的铝合金脚踏车就折叠压缩成了一堆废钢管。

德爷一边揉压脚踏车，一边对魏三命令道："赶快帮我把下水道的井盖子打开！"

魏三急忙动手，打开了胡同里下水井的盖子，德爷将那辆已经变形的脚踏车"嗖"的一声，丢到了下水井中。

脚踏车陷进了下水井内的黑泥中，围追堵截魏三的警察们找不到赃物，也拿魏三没有任何办法。

魏三跟在德爷身后，大摇大摆地出了带子胡同，他瞧着德爷右手仅剩下的三根手指，问道：“敢问前辈，您可是三指神龙？”

德爷“嘿嘿”一笑，道：“三指神龙那是道上朋友的抬爱，老朽退隐江湖十多年，早已经忘记那个名号了！”

三指神龙可是道上最负盛名的神偷，其盗技，早已经到了出神入化的程度。今天魏三得遇高人，怎肯错过他，“扑通”一声跪倒在地，非要拜德爷为师不可。

德爷摇摇头说道：“我早已经金盆洗手，退隐江湖，你要跟我学什么，难道跟我学习按摩吗？”

2.三六按摩

魏三跟屁虫似的尾随在德爷身后，一直走进了他的按摩店。三六按摩店只是一个不大的门脸，招牌更是简单，只是一块木牌上写了五个红漆字——“三六按摩店”。

面对魏三一个劲儿地拜师请求，德爷最后说道：“我们今天偶遇，也算有缘，看你右胳膊伸不直，左腿也有病，我给你松一下筋吧！”

魏三偷盗这些年，被人抓住过很多次，挨打对他来说，几乎就是家常便饭。他右臂和左腿上的残疾，都是逃跑过程中，摔跌之后落下的毛病。

魏三脱得只剩下内衣，然后趴在了按摩床上。德爷先用敲法，手指密如连珠般，在他周身的大筋上来回滚打。

德爷行走江湖，功夫在身，接着又干了这么多年的按摩，那双手，简直比铁钳子还要有力气。他的八根手指，就好像弹琴一样，在魏三的大筋上有节奏的敲动，那源源不断的力道，通过魏三的皮肤和肌肉，直接作用到了他的大筋上。

德爷松筋的按摩结束，魏三浑身舒服得对德爷直竖拇指。魏三一看今天拜师是不可能了，便向德爷告辞，然后转身回家了。

三天后的一个下午，德爷送走了客人，正坐在躺椅里休息，就见魏三手里拎着个皮包，“砰”的一声，气喘吁吁地推门闯了进来。

魏三今天在酒店顺手牵羊弄了一个包，可是却被酒店的保安发现了，几名保安一路急追过来。

德爷一见魏三惊慌的样子，急忙说道：“脱衣服！”就在魏三脱衣服的时候，他一按床下的按钮，就见头顶的天花板一开，落下了一个钩子，德爷将魏三窃来的皮包挂在钩子上，再按按钮，那个皮包就被钩子吊到了天花板上。

德爷刚给魏三开始松筋，几名保安就满头大汗地闯了进来。他们虽然远远地瞧见窃贼进了这条街的一个门市，可是究竟进了哪家门市，他们也不能确定。

他们看着德爷的三六按摩店里没有皮包，再瞧着魏三正在接受按摩的样子，就急忙出门而去，到其他店里寻找盗包的窃贼去了！

德爷这次给魏三松筋用的手法是弹法，这弹法和敲法不同，德爷一手抓住了魏三的一根筋，然后另一只手像弹琴一样“蹦蹦”

地弹着他的大筋。

刚开始的时候，魏三还觉得自己的大筋麻酥酥、酸溜溜的受用，可是到了后来，德爷的手法加重，魏三就觉得有些受不了了。

他正要开口求饶，让德爷停止舒筋，德爷一瞪眼，低吼道：“你给我赶快躺下，那几个保安又回来了！”

魏三咬牙忍着疼痛，被德爷拿了几乎一个小时的大筋，他从床上下来的时候，周身酸麻，走路摇晃，德爷“嘿嘿”一笑说道：“估计再给你做几次按摩，你身上的毛病就能好得差不多了！”

那几个保安并没有走远，魏三弄来的那个包要让德爷先替他保存几天，等风头一过，再作打算。

第二天，魏三又来到了德爷的三六按摩店，他这次主动上门，是求德爷再为他做一次按摩的。

德爷还没动手给他按摩，魏三就从怀里“嗖”地掏出了一把匕首，他用手中的匕首抵在德爷的胸口，然后恶狠狠地道：“你竟敢害我，我让你也不得好死！”

拿贼筋法

德爷给魏三舒了两次筋，现在的魏三在偷东西的时候，却发现胳膊没劲儿，特别是逃跑的时候，两条腿竟不停地发抖。

德爷笑道：“贼的身上皆有贼筋，我施用手法，正在去掉你的贼筋，经过几次治疗后，你以后就当不成贼了！”

魏三恶狠狠地说道：“老子除了当贼，还能干什么，你赶快给我治回去，不然我一刀扎死你！”

德爷笑道：“我这就给你治！”

德爷话音落地，手一挥，魏三就觉得胳膊肘底下的筋一麻，手里握着的匕首就飞刺到了天花板上。魏三还想反抗，德爷的两只手就好像是两只老虎钳子，捏住了魏三后颈上的大筋，魏三再想挣扎，双臂发麻，人已经是动不了了！

德爷这次用的是顺筋的手法，他的两只手，八根手指，沿着魏三身上的大筋来回游走，魏三被整治得连声惨叫，德爷根本不理魏三，他一边为魏三顺筋，一边自言自语道：“滑筋、懒筋和贪筋这三种筋，最后合成了贼筋！”

德爷用敲法对付魏三的滑筋，用弹法对付魏三的懒筋，现在他又用顺法对付魏三的贪筋。特别是这第三次，德爷用的是重手法，魏三全身的大筋被德爷拿过后，酸麻异常，现在别说是让他去偷盗，就是将别人的钱包放在他手里，再让他拿走，他恐怕都走不动了！

魏三这些日子吃住都在德爷的店里，德爷告诉他，一定要好好地和他学一门手艺，如果他不好好学习手艺，私自逃跑，那也随便。

德爷每天都给魏三舒一次筋，魏三也接连逃走了几次，可是逃走还没有一百步，便周身酸软，“扑通”一声，瘫倒在地上了。

三个月后，魏三在德爷的强迫下，终于将按摩的手艺学成，魏三出师那天，德爷郑重其事地告诉他：“经过三个月的舒筋，你周身的大筋都发生了改变！”

换句话说，魏三如果再去做贼，出手迟钝不说，跑也跑不动了。魏三试验几回，果然如此，他这辈子，只好和贼绝缘了。最后在德爷的帮助下，魏三的按摩诊所也开起来了。

而德爷也将他门口的牌子换成了新的，上面写着几个字——“三七按摩店”。

魏三竟是德爷治好的第三十七个“贼”！

飘香的古酒

1.三坛子古酒

天水市有三好：山清水秀美酒香。该市酿酒的资源得天独厚，所以酒厂林立，特别是金鑫酒厂生产的天水特曲，更是享誉四方的佳酿。

这天一大早，廖子寒刚刚起床，他的手机就响了，给他打电话的是邱鼐，邱鼐和他一样，也是天水市的收藏家，可是他们两个收藏的种类却不同，廖子寒收藏的是酒杯，而邱鼐却对酒坛子情有独钟。

廖子寒虽然是本市酒杯收藏的大腕，可是他的名声却不佳，因为他在收藏酒杯的过程中，实在有些不择手段。邱鼐给廖子寒打电话，是想请他喝酒。

邱鼐在电话里告诉廖子寒："我最近在南方的一个拍卖会上，得到了三坛古酒！……"正所谓美酒配佳器，没有廖子寒的古杯，恐怕也难喝着那绝世佳酿的美味来。

廖子寒听完邱鼐的要求，心中暗笑，喝酒酒杯又用不坏，可是尝试古酒的机会却不多。他假装犹豫了一下，然后说道：“就算给你老弟面子，我那价值连城的酒杯就叫你免费使用一次吧！”

邱鼐如约而至，他还把本市酒类协会的会长温九香也一起带来了。大家都是老熟人，互相不用客气。邱鼐怀里抱着一个一尺多高的红木箱子，那三坛子古酒，就装在这只箱子里。

温九香号称本市最会喝酒的人，落座后，他有些心急地说道：“邱先生，你还是打开箱子，让我们一醉方休吧！”

邱鼐答应一声，打开了红木箱子上的盖子，廖子寒伸头往箱内一看，不由得愣住了，那箱内被分作了三个格，每个隔盖上，都被一把不同的锁头锁住了。

邱鼐取出了第一把铜钥匙，打开了一个格盖上的铜锁，然后从里面取出了一只青花瓷酒坛来，这是一只乾隆年间的青花酒坛，这只酒坛，瓷色清澈，白底透亮，古朴典雅，实乃青花瓷中的精品。

这只青花瓷的酒坛被瓷泥所封，略一晃动，里面便传来“哗哗”的酒响。

廖子寒也是一个好酒之人，他看着那个高雅的酒坛，便觉得里面的酒一定不同寻常。邱鼐拍开了酒坛，便有一股浓郁的酒香在室内弥漫了开来。

为了配邱鼐的好酒，廖子寒走进内室，取出了一套天地三才杯。这天地三才杯虽说是一套，可是材质迥异，分别是用天山玉、地精石和人和木所雕成。

邱鼐手中的那个大酒坛，至少能装五斤酒，可是因为岁月久远，酒液沉淀的缘故，坛子底剩下的酒，倒在杯子里，刚刚满三杯。这杯中酒竟呈现出一种浓绿的颜色。

廖子寒藏杯卖杯，财力雄厚，平日里也是佳酿尽尝，可是这绿色的古酒他却没有喝过。廖子寒心急难耐，他端起酒杯便品，又苦又涩的酒味呛得廖子寒“嗤”的一声，将口内酒又都吐到了地上。

温九香看着廖子寒窘迫的样子，“嘿嘿”一笑道：“如果我没看错，这种酒是满清时期高昌县所产的绿米酒……这种古酒可不能这样喝！”

2.酒后的故事

温九香让廖子寒找来了一瓶中档白酒，然后在酒瓶中点进了三滴绿米古酒，再喝这瓶颜色改变的白酒，那口味立刻为之一变，说它是纯正的高档白酒，不会没有人信。

绿米古酒经过悠悠的岁月，已经变成了一瓶超级的酒“味精”。可惜的是，这绿米酒到现在早就已经绝迹了！

温九香喝罢了绿米酒，然后放下杯子，说道：“我给二位讲一段关于绿米酒的故事吧！”

那还是在乾隆年间，高昌县有十多家酿酒的作坊，其中有两家作坊酿制的绿米酒质量最好。

他们分别是高家酒坊和刘家酒坊。高家酒坊的产量大，而刘家酒坊的酒质佳。高昌县的土地位于山区，山顶上终年积雪，霜冻频发，种在地里的红高粱还没等成熟，便会被霜冻打死，那未成熟的红高粱，就成了不能入口的“绿米”。

这些绿米，就是酿造绿米酒的原料了。刘家酒坊的绿米酒颜色翠绿，酒色喜人，大家都说他有一个独特的酿酒配方。高家酒坊的老板高升总想着要称霸高昌县的酒业，他为了得到刘家的独门配方，几乎都要不择手段了。

高升经过了十几年的明学暗偷，刘家酿酒的秘方他最终也没弄到手，随着时间的推移，高升取得秘方的绝佳机会终于来了——刘家的公子刘峰，竟然喜欢上了他的独生女儿高翠翠。

刘家派媒婆到高家一提亲，高升眼珠一转说道：“刘峰娶我女儿可以，但是彩礼嘛……”

高升虽然同意这门亲事，可是他却要刘家用酿酒的秘方当聘礼。刘家酿酒的秘方是刘老爷子的命根子，刘家自然不肯割舍，刘峰面对打击，一病在床。刘老爷子看着奄奄一息的儿子，权衡再三，最后一咬牙，便交出了自家酿造绿米酒的配方。

温九香讲到这里，廖子寒一拍桌子，感叹道：“完了！”刘老爷子交出了自家酿酒秘方，他们的财力不如高家雄厚，刘家酒坊的生意一定是完了。

温九香“嘿嘿”一笑道：“并没有完！”

高升得到了刘家的酿酒配方，果然酿造出了颜色纯正的上佳绿米酒，而刘峰娶了高翠翠为妻后，他们的酒坊终不是高家酒坊的敌手，生意从此一落千丈。

刘老爷子看着摘下的刘家酒坊的招牌，心疼得连喷三口鲜血，接着卧床不起，最后便一命呜呼了。

刘峰领着妻子高翠翠远走他乡，可是高升的绿米酒颜色好了半年，第二年一开春，颜色竟开始变淡。高升想破了脑袋，就是想不明白，刘家的秘方，经过自己的验证，已经成功酿出了绿米酒，可是今年，为何酒色又变淡了呢?

高升心力交瘁地研究了一个月，最后一头病倒在床，直到奄奄一息的时候，他这才想起，自己的万贯家财，还没有个继承人呢。

邱霜也被这个故事吸引住了，急问道："高升难道又把刘峰找回来了?"

廖子寒也在一旁追问道："刘家酿造绿米酒的秘方是什么，怎么这个配方过了年儿就不灵了呢?"

高翠翠得到父亲病危的消息，急忙领着丈夫刘峰回来了，苟延残喘的高升一把攥住了刘峰的手，虚弱地问道："告诉我真话，那酒色怎么过了半年就变淡了呢?"

绿米酿酒，酒水本来就是绿色，可是这种绿色却很寡淡，上不了大雅之堂。刘家老爷子经过潜心研究，终于发现了一个秘密，那就是关于酒水颜色的秘密。

在高昌县的山里，生有两种本地特产，一种是黄杏，一种是蓝莓，这两种野果的产量不多，每年盛夏，刘家就将其收购上来，接着压榨成黄、蓝两种果汁，最后将这黄、蓝两种果汁提纯后，再按照比例勾兑到一起，液体便会呈现翡翠般的绿色。这种绿色的液体，便是刘家勾兑酒色的秘密武器。

邱鼐和廖子寒在学校念书的时候，都学过物理——将黄、蓝两种液体勾兑到一起，这种混合的液体就会呈现绿色，没想到这个物理现象，竟被聪明的高昌县人用在了酒色的调配上面。

廖子寒纳闷地问道："高升用的黄杏和蓝莓都是一样，为何第二年那酒色就变了呢？"

温九香一解释，廖子寒这才明白了过来。刘家收购黄杏和蓝莓的时候，是付了山民三倍的高价，山民们觉得有利可图，这才对野生的黄杏和蓝莓进行精心的照顾，刘家收上来的这两种野生山果，也都是一等一的品质。可是到了高升手中，他收购山果，却给了山民们很低的价钱，要知道野生的黄杏和蓝莓产量很低，价格再上不去，谁还肯为买主付出那么多精力和时间呀。

没有了头等的原料，自然就没有了绿米酒上佳的颜色。高升知道了最终答案后，叹息一声，不甘心地闭上了眼睛。而高家酒坊的偌大产业，最后也归了刘峰！

温九香讲到这里，感叹地说道："只想着自己利益，而不考虑他人的疾苦，到头来吃亏的只能是自己呀！"

听完温九香的故事，廖子寒的脸色也为之变了变。

3.酿酒的圣泉

三个人各自喝了几杯用绿米酒勾兑的白酒，竟都薄有些醉意了。邱鼐端着酒杯，对廖子寒"呵呵"一笑道："廖兄，面对如此美酒，你是不是应该备几个下酒的小菜呀？”

廖子寒一拍脑门，自我责怪道：“失礼失礼！”

廖子寒拿起手机，就给自己熟悉的酒店打了一个电话，不大一会儿，酒店就派专车给他送来了八个制作精美的菜肴。

邱鼐打开了红木箱子上的第二个小银锁，从里面取出了一只香瓜大小的小酒坛来。这是一只斗彩的明朝酒坛，酒坛坛口和坛底密布缠枝莲的纹路，中间的图案是《渊明醉酒图》。这只斗彩酒坛的价格，比青花酒坛还要高一个档次。

这一次，廖子寒拿出的是三只不同杯。不同杯上下的材料是不同的。这三只酒杯分别是上银下金、上锡下铜，最为奇怪的是一只上石下木的酒杯，也不知道古代的工匠，是如何将它们制造在一起的。

拍开了第二只斗彩酒坛上的泥封，期待品酒的三个人都愣住了，这只酒坛中确实装有液体，可是这液体却毫无酒香！

温九香尝了一口坛中的液体，肯定地说道：“我知道了，这是水呀！”

廖子寒和邱鼐尝过后，也确定了这坛子里的液体是水。可是这水，怎么装进了酒坛里？

温九香“吧嗒”着嘴说道：“好水，好泉水，这是酿酒用的圣泉之水呀！”

明朝时候，圣泉产自江西的冽山。冽山虽然不出好酒，可是山上却有七十二眼山泉，这些山泉的主人，便是崔涉。崔涉自号天下第一水师。

洌山是崔家的祖产，崔涉便是依靠贩卖圣泉之水，成为远近闻名的富翁。

邱翽吃惊地说道：“这个圣泉的故事，我也听说过，没想到这明朝的酒坛里，装着的便是圣泉的泉水！”

廖子寒端起不同杯，喝了一口圣泉的泉水，这泉水虽然在坛中历经了几百年的岁月，可仍然是绵软甘甜，胜似甘露，也不怪天下很多的酒坊，都千里迢迢到洌山购买圣泉泉水，回去酿酒了。

邱翽纳闷地问道：“这圣泉为什么最后会消失了呢？”

温九香说道：“我再给你们讲一个关于圣泉的故事吧，答案，就在这个曲折的故事里！”

崔涉靠卖水就能发财，自然引起了不少人的妒忌，其中最嫉妒崔涉的便是蠡县牛知府。

牛知府的名下就有一个大酒坊，牛家酒坊生产的美酒，直供京城，铁帽子胡同的八大王爷最喜欢牛家酒坊的美酒，可是牛知府每月购买圣泉的水银，就是一笔巨款。

牛知府为了省下那笔银子，便命手下的酿酒师侯登科暗中登上洌山，找到圣泉。侯登科遍尝了那七十二眼山泉，可是那清凉的山泉水，都不是圣泉的味道。牛知府为了霸占圣泉，他和侯登科经过密谋，一个邪恶的毒计出笼了。

牛知府先给崔涉安了一个不法商人的恶名，然后将他投入监狱，面对毒刑，崔涉只得讲出了圣泉的秘密……

圣泉并不是指洌山上的某一处泉眼，而是七十二道泉水的总称。崔涉的父亲自小就开始训练他舌尖敏锐的味觉，崔涉成为一个合格的水师后，那七十二股泉水经过他的仔细勾兑，最后就成了酿酒的第一泉水——圣泉。

侯登科在崔涉的指导下，经过了半年的苦练，终于练出了天下第一水师应该具备的敏锐嗅觉。侯登科为了永绝后患，便给崔涉强行灌下了一剂毒药，崔涉喝罢毒药，口内舌头上极度灵敏的味觉便消失了。

侯登科摇身一变，就成了冽山脚下的第一水师。可是侯登科当上水师之日，便是他连叫后悔之时！

廖子寒纳闷地问道："侯登科如愿以偿地成为天下第一水师，他怎么会后悔呢？"

邱肅一拍桌子："我明白了！"水师靠的就是一条味觉敏感的舌头，为了保持舌尖对味觉的敏锐，油腻辛辣、味道浓重的食物都不许尝试！

温九香说道："就是这个样子，水师不仅要终年食素，就连和自己的老婆接吻，都在被禁止之列！"

侯登科实在受不了那份苦行僧似的煎熬，便偷着跑出了蠡县，然后找到了隐居山林，喝美酒、品佳肴的崔涉，侯登科"扑通"一声跪在地上，连连叩头，他还拿出了解药，央求崔涉服用。

崔涉"呵呵"笑道："我失去了灵敏的味觉，却得到了丰富的生活，那个无趣的水师还是你当吧！"

温九香将这个故事讲到这里，廖子寒和邱肅都被逗得哈哈大笑。

“三年后，侯登科受不了水师生活苛刻的约束，竟神智大乱，最后自杀身亡了。”温九香感慨地道，“一个人应该懂得舍弃，如果他太贪，最后的结果，一定和那个水师一样！”

4.酒石的秘密

邱鼐打开了第三枚镀金的小锁头，拿出了盒子里面一个核桃大的元朝白瓷小酒坛，弄开泥封，里面竟是一种淡黑色的汁水。将黑色的汁水倒进了杯子，从小酒坛中，竟掉出了一块指甲大小的黑石头。

廖子寒这次拿出的是四大才子杯。这四只杯是他收藏的压轴之作——相传是唐寅等四大才子当年的品酒之物，实乃是极其珍贵的宝贝。

这杯子里的淡黑色的汁水微苦而涩，难道酒水在里面盛放了几百年，已经霉朽变质了？

温九香看着那个指甲大的小石头，忽然眼前一亮，叫道：“酒石，这是酒石呀！”

关于酒石的记载，只存在于元代的野史中，酒石到了明代，便昙花一现消失了。

酒石在传说中，可以镶到人的口中，只要有酒水入口，任何劣酒喝到嘴里，经过酒石的调理，都是佳酿。

廖子寒用手指摸着那块人牙形状的酒石，狐疑地道：“这酒石，真的有那么神奇吗？”

温九香说道：“你们再听我讲一个关于酒石的故事吧！”

元朝末年，荥阳郡有个太守，此人名叫黑可律。元朝官场，腐败透顶，可是这个黑可律偏偏却是个清官。是人都有毛病，黑可律的毛病，就是喜爱那杯中之物，故此很多想巴结他的人，都投其所好，给他送来全国各地的美酒佳酿。

黑可律面对美酒佳酿，一律严词拒绝，平日酒瘾发作，他便喝一些廉价的茅柴酒解馋，他的属下一问原因，黑可律“嘿嘿”一笑，然后指着自己的嘴巴说道：“我的嘴里有一颗酒石牙，这颗千金难得的酒石牙，便可化腐朽为神奇，彻底改变劣酒的味道！”

朱元璋兴兵讨元，黑可律死在了战乱中，当地的百姓为了感念他的恩德，便将黑可律厚葬在西山的山坡上。明朝时候，黑可律的坟墓被盗，他口内的那颗酒石牙也彻底失踪了。

黑可律的酒石牙虽然失踪了，可是他的墓却越来越大，拜祭他的人摩肩接踵，至今香火依然不断。

温九香讲到这里，说道：“如果现在有上佳的白酒，我就可以利用酒石的调理，使二位喝上绝世的佳酿！”

廖子寒接连拿出了几瓶高档白酒，温九香都连说不成，邱鼐拿出了手机，说道：“我有一个朋友，他手里藏有一瓶六十年前的天水特曲，我叫他送过来！”

邱鼐打出了一个电话，半个小时后，金鑫酒厂的老板薛金鑫就来到了廖子寒家的别墅。

廖子寒看着薛金鑫，两条眉毛之间不由得拧成了一个川字。薛金鑫启开了那瓶六十年前的天水特曲，温九香将天水特曲倒进了四大才子杯中。

温九香用镊子夹起了酒石牙，然后他分别将酒石牙在酒杯中搅了搅，说道："各位请用！"

四个人端起酒杯，等他们喝罢了这醇香浓郁、回味悠长的天水特曲都连连喊好，称赞不止。可是邱鼐回过头，品尝那酒瓶中的原酒时，却发现，瓶中酒和被酒石搅过的杯中酒竟是一个味道！

失魂落魄的温九香"扑通"一声坐到了椅子里，他惊讶地道："这酒石竟是假的！"

黑可律当年为了拒贪，竟谎称酒石有改变酒味的功能，其实那只是一个噱头。当年那盗墓贼窃走了酒石牙后，世人才知道了黑可律拒贪的秘密，后人备受感动，这才有了为他不断修缮大墓的举动。

酒石牙的意思还是戒贪。

廖子寒看着温九香和邱鼐两个人不由得一阵冷笑道："两位拐弯抹角、一唱一和，如此费尽心力地说教，无非是为了让我把四大才子杯归还薛金鑫吧？"

去年，薛金鑫的酒厂遇到了资金短缺、银行催款的困境，薛金鑫为了打一个翻身仗，便把祖传的四大才子杯押给了廖子寒，然后从他手中借了一笔巨款，两个人还订了一个合同，合同规定，这笔借款，期限为一年，如果薛金鑫过期不还，四大才子杯就是廖子寒的。

廖子寒为了得到这四只酒杯，竟动用关系，游说金鑫酒厂的几个大客户，迟迟不肯给薛金鑫结账。眼看着一年的时间已到，薛金鑫就找到了邱鼐和温九香两个人，邱鼐为了达到目的，便制作了三坛假“古酒”，温九香以假古酒为题，给廖子寒讲了三个戒贪的故事。

廖子寒是聪明人，闻弦歌而知雅意，当即点破了邱鼐等人的用心。

邱鼐和温九香一见廖子寒油盐不进，不肯归还薛金鑫的四大才子杯，两个人也有些愠怒了，他们正要离座告辞，廖子寒一拍桌子道：“你们都不要走！”

廖子寒听完了温九香的絮叨，他也要讲一个故事给他们听。

去年的这时候，薛金鑫的酒厂为何跌入困境？那是因为他在德国盲目引进了一条高档白酒生产线的缘故。廖子寒收了薛金鑫的四大才子杯，然后借给他五百万巨款，帮薛金鑫摆脱了困境，他之所以不叫薛金鑫的大客户们还钱，那是因为薛金鑫得到这笔钱后，他还要盲目地扩大生产。

“酒厂扩大生产这是好事！”薛金鑫脸色涨得通红地叫道，“你这是为了霸占我的四大才子杯找借口！”

廖子寒冷笑道：“德国造酒业的霸主——加斯顿酒厂，他们一年后便要在天水市设立分厂了！”

薛金鑫购买的所谓高档白酒生产线，就是加斯顿酒厂年前淘汰的产品而已。薛金鑫纵然有三头六臂，也无法和国际闻名的加斯顿酒厂竞争。

薛金鑫脸色发白，哆嗦着嘴唇说道：“加斯顿酒厂要来天水建厂？这……这怎么可能？”

廖子寒在德国的亲家是加斯顿酒厂的投资顾问，加斯顿将要在天水县建厂的消息就是廖子寒的亲家提供的。

薛金鑫之所以要取回四大才子杯，他是想把这四只杯送给本市建行的行长，然后贷来一笔巨款，好对他的酒厂进行大肆改建。

邱鼐和温九香听廖子寒讲完他据杯不还的道理，这才明白了事情的真相，邱鼐正要气呼呼地质问薛金鑫，薛金鑫却振振有词地道：“送礼这都是商场的潜规则，不给建行行长送礼，我怎么能贷来酒厂的改建资金呀？”

廖子寒一摆手，说道：“薛厂长，二十年前，我曾经受过你父亲的大恩，你父亲临死的时候，曾暗中把你托付给我，要我关键时刻提携你！”

薛金鑫拿出了一张五百八十万元的支票，然后不屑地说道：“你？提携我？这是我借你的本金和利息，你要真为我好，那就请把四大才子杯还给我吧！”

廖子寒并没有接那张支票，却一摆手，大方地说道：“四大才子杯你拿去吧！”

薛金鑫也没有想到廖子寒会这么大方，可是他仔细一瞧那四大才子杯，却大惊失色地叫道：“这四只杯是假的！”

廖子寒早已经把他自己收藏的酒杯都集中一起，然后押给了广州的一家银行，不同杯和天地三才杯也都是廖子寒制作的赝品。只有这样，他才能从银行那里借来一大笔巨款，他用这笔钱，早已经买断了天水县周围近万亩红高粱的三年收购权。

没有了天水县优质的红高粱，加斯顿酒厂来此地建厂，也只能是做无米之炊了。看似贪心的廖子寒竟处处在为薛金鑫打算。

廖子寒面对目瞪口呆的薛金鑫，坦然说道："收购高粱的钱你必须在三年之内还我，不然我的那些酒杯就要易主了！"

薛金鑫当了十年的酒厂厂长，廖子寒就做了十年不择手段收取各种珍贵酒杯的恶人，廖子寒这么做，就是在准备大量资金，为好大喜功的薛金鑫做背水一战的准备！……

一个月后，天水市建行的行长因为贪污受贿而落马，向他受贿的一批官商全都锒铛入狱，薛金鑫逃过劫难，等他抹去了额头的冷汗，这才深深明白了廖子寒的良苦用心。

这天，薛金鑫开车领着邱鼐和温九香重新来到了廖家的别墅前，他对着廖子寒的家门口大声叫道："廖叔叔，是侄儿错了！"

凡客王三毛

1.给臭豆腐做广告

王三毛的脑袋上并不是生了三根头发，他叫这个名，完全是和他苦大仇深的出身有关，他娘生他的时候，他爹的兜里只剩下三毛钱了，为了励志，他爹便给他起了这个落地有声的名字。

王三毛高中没考上，无奈之下，只得进城给人打工，他先在街头发促销传单，可是没干三天，城管便将他的促销传单全部没收了。

王三毛的传单发不了了，又到啤酒经销点当业务员，可是他连记了几次错账，老板一生气，就将他开除了。

王三毛备受打击，痛定思痛，觉得还是在写字楼里当白领比较好。他先买了一副平光眼镜，接着又弄了一身廉价的西装穿在身上，打老远一看，果真有那么一点儿白领的样子了。

王三毛按照报纸上的地址，投了二十多封水分很大的简历，最后，只有一家名叫神马的广告公司打电话让他去面试。

神马广告公司是一家大广告公司，老板姓牛，牛老板还雇着一个漂亮的女秘书杨妮。王三毛先是递上了自己编造的假简历，哪曾想牛老板对简历一点儿也不感兴趣，他说道："本公司最重实力，不重文凭！"

杨妮随后递过来一份广告策划案，王三毛用眼睛一瞧考题，"咕咚"一声咽了一口唾沫，心里不由得暗自打鼓——这考题，也太难了吧。

这份策划案竟是给奇香牌臭豆腐做广告。王三毛爱吃臭豆腐不假，可是怎么给它做广告呢？王三毛憋了半天，忽然手机响了，他拿起手机一看，是本市公安系统用凡客体写的公益广告——爱打电话，爱发短信，爱装警察，也爱说电话欠费、银行转账。我不是神马，也不是浮云，我是电信骗子，警察一直在找我，如果我找你，马上拨打 110。

真是想破脑袋无觅处，随手得来短信中。王三毛的脑瓜比电钻转得都快，转眼之间，一首用凡客体写的臭豆腐广告词就写好了——爱在油里打滚，爱在竹签子上唱歌，我爱美女的嘴唇，我也爱帅哥的牙齿。我不是孙悟空，不是变形金刚，哥是奇香牌臭豆腐，哥是大众情人，哥很平民，两块钱一串。

牛老板手里的臭豆腐策划案至少让二十多个应聘者写过，可是他们做的策划案根本就通不过奇香牌臭豆腐公司的终审。

王三毛这个广告词不仅读着朗朗上口，而且处处还带着调侃的味道。死马当活马医吧，牛老板决定把这个广告词报到奇香臭豆腐公司再说。

王三毛这个广告词报上去之后，没过两个小时，奇香臭豆腐公司回话，这份策划案老总满意，算是暂时通过了，他们给神马广告公司的费用，等广告在电视台等媒体单位播出后再付。

王三毛给奇香臭豆腐做的广告词在电视台播出后，效果奇好，甚至幼儿园的小朋友也记住了这段朗朗上口的凡客体广告语。

十万元策划费一分不少地打入了牛老板的账户。当晚，牛老板做东请客，王三毛只喝得昏天黑地，还是杨妮将王三毛送回了单身公寓。

2.老鼠药的广告你能做吗

王三毛醉酒后，吐了杨妮一身。第二天一早，王三毛一觉醒来，觉得过意不去，急忙拉着杨妮来到商场，给她买了一身名牌的衣服。

杨妮问道："三毛哥，你怎么对我这么好？"

王三毛挠着头皮说道："你穿上这身衣服，更漂亮了！"

年轻人玩的就是速度，两个人没过几天，就出双入对，俨然成为一对恋人了。

牛老板其实对杨妮也很中意，可是王三毛是棵摇钱树，总不能因为杨妮将他开除吧。牛老板不愧是老江湖，眼珠一转，计上心头，这个主意就是，往王三毛身上压活儿，累得他不知道东南西北，看他还有没有心思谈恋爱。

牛老板又揽了十几个活儿，可是这些广告的广告词都被王三毛用凡客体轻松解决了。牛老板一时间数钱数到手软，可是他看着杨妮和王三毛亲亲热热的样子，心里酸溜溜的。

王三毛这天一早刚来到公司，牛老板就把一个策划案给他递了过来，王三毛心不在焉地拿起了策划案，刚看了一眼，不由“啊”地叫了一声道：“老鼠药的广告词也要做成凡客体？这是不是太搞了！”

牛老板冲他一龇牙，说道：“厂家给钱，我们就做，什么叫搞不搞？好好写，写好了我给你三分之一的提成！”

王三毛端人家饭碗，自然得听人家的管，老鼠药做成凡客体广告词确实是有难度，可是没难度，谁会大把地往外掏钞票呀！

王三毛一天一夜没睡觉，头发揪掉了九九八十一根，终于憋出了一首关于老鼠药的凡客体广告词——爱黑鼠，爱白鼠，也爱五洲四海的老鼠。哥不是猫，更不是猫头鹰，哥是大杀手牌鼠药，哥不介意老鼠恨我，如果鼠辈们想找我报仇，请记住地址：天江市威风路8号。

牛老板看罢王三毛写的凡客体广告词，心里虽然惊叹喊好，嘴里却假装说道：“广告词还不如以前写得好了，是不是最近因为谈恋爱，把广告业务给荒废了？”

王三毛一个劲儿地摇头否认。牛老板叹了口气说道：“这样的广告词，很难通过终审呀！”

谁曾想，这首关于老鼠药的凡客体广告词一经散布到网络上，立刻在网络上开始疯传。王三毛整天想着如何讨杨妮欢心，对老鼠药的凡客体广告词成功与否，却并不关心。

这天下午，杨妮悄悄走进王三毛的办公室，她用手往楼下一指，王三毛隔着窗玻璃往下一看，只见牛老板趾高气扬地从一辆崭新的本田车里走了下来。

杨妮说道："三毛哥，你知道吗，你那首凡客体广告词牛老板竟卖了十八万！"

王三毛气得一拍桌子，气呼呼地找牛老板要提成去了。牛老板一脸无赖的表情，说道："分成？没有合同，分什么成？"

王三毛这才算看清了牛老板的本来面目，杨妮在一边帮腔道："牛老板，你言而无信！我们不给你干了！"

牛老板叫道："爱走就走，随便！"

王三毛冷笑一声道："老子不伺候你了！"

杨妮最后挽着王三毛的胳膊，两个人昂然地走出了神马广告公司的大门。

3.王三毛果真是个人才

王三毛出了广告公司的大门，也有点茫然了，这偌大的城市，真的没有自己的栖身之地。杨妮抿嘴一笑道："清河镇是个广阔的天地，相信王三毛同志在那里一定会大有作为的！"杨妮是想让他跟自己一起回清河镇的老家。

清河镇是一座美丽的古镇，镇外还有一条潺潺的清水河，河水中遍布露出水面的白石头，去年王三毛曾经去那里旅游过，可是清河镇再好，也是一个小镇子，两个人回那里，能有什么发展呢？

杨妮半推半架，最后将王三毛弄上了一辆出租车，三个小时后，两个人就回到了清河镇。

杨妮的父亲杨子斌是清河镇旅游度假村的经理，他对女儿领回的男朋友，满脸都是狐疑的神色，他对杨妮问道："闺女，这个小伙子就是你给我领回的人才吗？"

王三毛听杨子斌讲完，也愣住了。这人才之说，究竟是怎么回事呢？

杨妮将王三毛拉到旁边一解释，王三毛才明白过来——清河镇旅游度假村曾经聘请过市里几家有名的广告公司制作广告，然后在电视和报纸等媒体上大力宣传过清河镇的旅游环境。

可是广告播出后的效果却很不理想。杨妮为父分忧，她到城里广告公司打工的目的，就是希冀着能发现人才。

杨妮在城里打了两个月的工，连换了四五家广告公司，也没有找到合适的人才，最后，杨妮来到了神马广告公司，如果不是王三毛出现，她早在神马广告公司跳槽了。

杨子斌听女儿讲完王三毛的厉害，希冀地道："好，只要王三毛做出的广告有效果，我立刻高薪聘请他当咱们旅游度假村宣传部的主任！"

王三毛看着高兴得连拍巴掌的杨妮，问道："你知道奇香臭豆腐和杀手牌鼠药的广告为什么能成功吗？"

其实说起那两个广告成功的原因也很简单，王三毛写的朗朗上口的凡客体的广告词是一方面，更大的原因是臭豆腐在电视上做广告，老鼠药在网络上做广告。这事很新鲜，因为新鲜，所以人们才会记得住，才会传得开。

杨妮听王三毛说完，也愣住了。如果放眼全国，像清河镇旅游度假村这样没有旅游特点的地方没有一千，也有八百家。清河镇有什么能让人一下子记得住，并能吸引人们来清河镇旅游的地方呢？

杨子斌听王三毛讲得头头是道，急忙站起来给王三毛倒了一杯茶，说道："三毛，你说说，我们如何才能在全国的旅游市场内，杀出一条血路呢？"

王三毛笑道："等我仔细做下调查，再给您拿出一个详细的计划书来吧！"

就这样，杨妮成了王三毛的向导，两个人用三天时间游遍了清河镇，可是那份能改变清河镇命运的旅游计划书，王三毛却始终也没有拿出来。

杨子斌这天悄悄地把女儿找到办公室，问道："我看这个王三毛就是个只会夸夸其谈的家伙，不成，我给他拿点儿路费，打发他开路吧！"

还没等杨妮说话，就听旅游开放区的院子里传来了"嘎吱、嘎吱"两声刹车声，院内停下了两台旅游大巴车，两个拿着小红旗的导游走下车来，直接来到了杨子斌的办公室。

杨子斌看着院子内的一百多号游客，激动得握着导游的手连说欢迎，那两个导游说道："杨经理，您挂在网上的宣传词简直太厉害了——'我爱旅游，爱潇洒，爱户外，我更爱清河水里的石莲花。哥不想在石莲花上落水，也不想成为湿漉漉的企鹅，哥在路上，哥是驴头，让我们一起玩转清河。’市里的游客们都纷纷要求到清河镇，看清河石莲花，这清河石莲花很有可能成为一个新的景点呢。”

清河石莲花？杨子斌只知道清河中有白石头，游客们可以踩着白石头过河渡水，那河水里，怎么会有石莲花呢？

杨妮眼珠一转，终于明白了王三毛的创意，那些白石头，可不就像是一朵朵莲花的形状，她对父亲连使眼色，然后领着导游和游客们，直接去清河边踩着莲花渡水去了！

王三毛见自己的创意一炮打响，随后的好点子接踵而至，由于清河里的白石头分布得并不均匀，所以踩着石莲花渡河甚有难度，清河镇旅游开发区根据王三毛的提议，定了一个规矩，那就是踩着石莲花渡过河的游客，在开发区的门票钱全免。

踩石莲花渡河本来就很刺激，再加上带有博彩性质的免除门票，这个新兴的旅游项目对游客更是产生了莫大的吸引力，杨子斌面对汹涌而至的游客，这才知道王三毛确实是个不可多得的人才。

不久后，王三毛便成了开发区的宣传部主任，这天傍晚，他手里拿着一束玫瑰找到了杨妮，真诚地说道：“杨妮，我不知道我是不是已经踩着石莲花，悄悄地走进你的心里了呢？”

杨妮和王三毛拥在一起的时候，天边那艳丽的晚霞，也仿佛是千万朵红色的莲花，悄悄地绽放了。

冷菜厨子

1.做冷菜的厨子

238年，后蜀国皇帝刘禅在位。这天，大司马郭安散朝后气呼呼地回到府里，管家郭祥凑上前来，小心地说道："大司马，府上新招的两位厨子来了！"

郭安看了一眼桌子上的名帖，皱眉道："刘易牙一年五百两？廖理肠竟要一千两？厨子的工钱怎么这么贵？"

郭安帮助诸葛丞相理国治吏，政绩斐然，唯独在这吃上有点苛刻，尊崇儒家食不厌精、脍不厌细的古训，他府内每年都要换好几次有名的厨子。这次的两个厨子，名字他从未听闻，心里有些不快。再加上今天早朝，刘禅突发奇想，竟要征调天下的玉工，在御花园中用玉石刻一个五亩方圆的《大汉疆域图》。他当殿否了后主刘禅劳民伤财的旨意，刘禅气得脸都绿了。郭安还当殿将诸葛丞相狠批了一顿，要知道刘禅最听诸葛丞相的话，刘禅肆意妄为，责任都在诸葛丞相那里，诸葛丞相也是被气得连声咳嗽！

郭祥一见主人生气，连忙说："廖理肠的手段我不知道，但刘易牙的厨艺好生了得，他竟能把薏米做出蟹黄的味道，一碗普通的萝笋双干汤，经他妙手蒸制后，那味道就如一碗香浓的熊掌鲜贝汤呀！"

郭安这等顶级的老饕，自然知道一个厨子能把猴头燕窝做得肥厚甘美，那并不叫什么真功夫，但若能把普通食材做成绝品佳肴，那可就不是一般的手段了。

郭安手一摆，道："见！"

郭祥领着刘易牙和廖理肠走了进来。这刘易牙圆圆胖胖，脑门发亮，倒有几分名厨的气派。廖理肠干干瘦瘦，眼角低垂，毫无精神，说他是厨子，恐怕鲜有人信。

郭安问道："二位都擅长什么菜式？"

刘易牙抱拳道："天下的名菜我都会做！"郭安听刘易牙自吹自擂，心中不喜，可是廖理肠的回答却差点儿把他的鼻子气歪。廖理肠用手指了指刘易牙，说道："他做不了的菜，可以找我！"

郭安眨巴了几下眼睛，正要说出几个非常冷僻的菜难为他们一下，就听门官进来禀报："大司马，邓、侯两位大人求见！"

邓明和侯西彲的官职分别是尚书令和中书令，他们都是郭安的好朋友，今天郭安顶撞后主刘禅，惹恼了诸葛丞相，他们是来劝郭安明哲保身，注意言辞的。

郭安听两位朋友说完，“呵呵”笑道：“自古道‘文死谏，武死战’，不然我们就白吃蜀国的俸禄了！”听了这话，邓明和侯西鼐只剩下偷擦冷汗的份儿了。郭安对两位好友真诚地说：“今天我府上新来了大厨，两位大人中午就不要走了，想吃什么，随便点菜！”

邓明想吃白扒扦鼻，侯西鼐点的是椰蓉调子鸡。郭安对新来的两个厨子问道：“这两道菜能做吗？”

刘易牙想都没想就说：“这两道菜我经常做！”

椰蓉调子鸡和白扒扦鼻味道绝美，郭安也就吃过那么几回，刘易牙答应得如此爽快，真不像是在胡吹。郭安就又问廖理肠：“你给本司马做一道我没吃过的菜吧。”

廖理肠摇了摇脑袋，说：“谁知道您没吃过什么菜呀？”

郭安用手指着屋内的一把椅子，没好气地说道：“这椅子我就没吃过！”哪知那廖理肠拿起了椅子，神色平静地说：“请三位大人稍等，我就用这把椅子做道菜！”

干品的扦鼻、椰蓉和子鸡，大司马府的干料库中都有，经过一个时辰的蒸制，椰蓉调子鸡和白扒扦鼻被小丫环们端了上来。

廖理肠劈了那把檀香木的椅子，当作柴火，做了一只檀香熏铁鸡。这烟熏铁鸡其骨如铁，肉硬似柴，可是吃到嘴里却有一股浓重的檀香味，而且越嚼越香，果真是一道下酒的佳肴。

三个人酒至半酣，郭祥一路小跑着闯了进来，气喘吁吁地说：“大司马，圣旨……圣旨到了！”

2.要命的两道菜

后主刘禅的报复来了。圣旨上写得明白，三天后，诸葛丞相和刘禅一起要到大司马府中品尝两道名菜，分别是——炙烤山驼峰和象虎盖山河。

接完圣旨，郭安急忙派人去传刘易牙和廖理肠。片刻，刘易牙就跟在郭祥身后跑了过来，郭安皱眉道："廖厨师呢？"

刘易牙一龇牙说："廖厨师早上喝多了酒，正睡觉呢！"

郭安忍住怒气，把皇帝的要求一说，刘易牙点了点头说："司马大人，这两道菜我会做呀！"

炙烤山驼峰是一道少见的菜式，难点是用油核桃炭炙烤驼峰时的火候。象虎盖山河原料有两种，一种是老虎筋，另一种是象鼻子。蒸制这两种罕见的东西，对厨师的手艺要求自然非同一般。

郭安听刘易牙会做这两道菜，这才长长地出了口气。郭安拿出了几百两银子，命郭祥领着刘易牙去采买做菜的原料。两个人去了半天，郭祥只在成都城中的八珍生料店买回来了一只山驼的驼峰，烤驼峰的油核桃炭却没有货。更叫人担心的是——象拔和虎筋刚刚售完，已是无货可供。

郭安叫道："怎么能没有呢？即使花大价钱，也一定要买来呀！"

刘易牙摇了摇头，说道："确实没有这三种东西了。"

油核桃炭燃烧快，火力猛，是炙烤驼峰不可缺少的东西。可今年西山的油核桃谷遭了雹灾，油核桃还未成熟便被砸落在地。

没有成熟的油核桃，自然没有油核桃炭了。

而且，八珍生料店是百年老号，凡是大汉境内所有的山珍海味都有供应。今天一早，象拔和虎筋便被皇宫总管全都买走了。除了这家店，其他的店铺中根本就没有这两种东西出售。老板还告诉刘易牙，要等到新货到，至少也得两个月之后。

后主刘禅就给了郭安三天时间，如今材料都备不齐，自然无法完成这两道菜。完不成圣意，就是抗旨不遵，别说官职，郭安的脑袋都有落地的可能。

后主刘禅这是存心找郭安麻烦呀！不，一定是诸葛丞相，一定是诸葛丞相借后主的手，要除掉他郭安。刘易牙见郭安发愁，低声说道："郭大人，您不用发愁，我做不出的菜，廖理肠会做呀！"

郭安用半信半疑的口气问："廖理肠，成吗？"

一转眼，三天的时间过去了。后主坐着龙辇到了大司马府。虽然诸葛丞相站在刘禅身边满脸的笑意，可郭安的心里却一阵阵地发紧。献茶已毕，刘禅驾临花厅，酒席已经备好，十八个鲜香扑鼻的各地名菜摆了一圈，只留下中间两个空菜位。

诸葛丞相点了点头，说："炙烤山驼峰可是烤制中的一绝，大司马，你能不能叫厨子给我们表演一下烤制驼峰的绝技呀？"

郭安擦去头上的冷汗，连忙说好，十几个在厨房打杂的下人一起忙碌，炭炉点火，烤制驼峰的家什已经备好。刘易牙给后主刘禅行过礼，用铁叉子叉起了驼峰，然后高叫一声——"开始！"那驼峰刚放到炭炉的红火上，就见四周的院墙上，忽然站起了一百多名手持铜镜的家丁，他们把手里的铜镜迎着太阳，然后将铜镜的反光对准了驼峰。

随着太阳光的叠加与聚集，驼峰的温度陡升，随着驼峰“吱吱”的作响声，驼峰内的脂肪一滴滴地落到了炭火上，炭火上竟蹿起了耀眼的火苗。

驼峰中没有肉筋骨膜，全都是白花花的脂肪。如果火力不够，驼峰烤熟后就会变成难以下咽的干油渣子。借光助火，补救了普通木炭火火力不足的毛病，廖理肠想出的烧烤手法果真神奇！

刘易牙烤的驼峰外焦里嫩，诸葛丞相尝罢此菜，只好轻轻点了点头。可象虎盖山河被端上来的时候，郭安的心就悬到了嗓子眼儿。他担心的是，没有食材，廖理肠纵使手段通天，也不可能完成此菜呀。

小丫环揭开银盘上的盖子，一股海鲜味竟如春潮般弥漫开来。

廖理肠竟把这道菜改成了一道海鲜菜，主料用的是象拔蚌，辅料用的是虎鲨筋。后主刘禅在圣旨上也没限定做这道菜一定得用象鼻子和老虎筋做，廖厨师于是取了个巧，做了一道全新的菜。

诸葛丞相和后主刘禅找不到郭安的毛病，踌躇地拿起了玉筷，刚尝了一口菜，便一发不可收拾。这道象拔蚌和虎鲨筋真是能鲜掉人的眉毛，勾出人的魂魄呀！

刘禅吃罢了这道菜，拍了拍肚子，转头对郭安道：“成都的厨界藏龙卧虎，大司马的府中更是大有能人呀！”

3.真正目的

诸葛丞相前几天在读一本古书时，曾看到过一个百果千蔬醒目汤的记载，他决定和后主刘禅一起，今天晚上就住在大司马府，明天上早朝前，就叫郭安拿百果千蔬醒目汤当早点。

百果千蔬醒目汤别说是喝，郭安听都是第一次听，这可如何是好？安排刘禅和诸葛丞相住下后，他赶紧去后厨找两位大厨想办法。

刘易牙和廖理肠正美滋滋地喝着小酒呢，一听那怪汤的名字，刘易牙摇摇脑袋道：“那汤我不会做，您找廖厨师吧！”

廖理肠将杯中的残酒一下倒进了喉咙，咧着嘴说道：“这道汤我虽然没做过，可是我知道怎么做！”

郭安急忙抱拳道：“本司马就拜托两位了，明天一早丞相和圣上点名要拿这道汤当早点！”

廖理肠摇摇脑袋说道：“要是制作这道汤那么容易，它就不叫绝品汤了！百果千蔬，看这汤名就知道，制作这种汤需要一百种水果、一千种蔬菜，即使没有那么多水果和蔬菜，至少也要把成都城中能找到的果蔬都找来吧！”

郭安点了点头，急命郭祥领着一百名家丁，分头到城中找做汤菜原料。两个时辰后，那一筐筐的水果和蔬菜堆满了后院。刘易牙每样水果和蔬菜都挑了最好的一个，堆到了厨房的砧板上。

郭安看着两大堆果蔬，眉头不由得拧成了一个大疙瘩，廖理肠笑道："大司马，您放心，明天一早，我定会把这道菜做好！"

郭安摆了摆手道："廖厨师，您多多费心吧！"廖理肠见郭安不走，便将蔬菜按照酸、甜、苦、辣、涩味分成五堆，那些水果按照红、白、绿、紫、黑分到五处。然后，他抄起了厨刀，正要动手去切水果，郭祥一阵风似的跑了过来，说是诸葛丞相睡不着觉，想找郭安陪他下棋。

丞相有命，郭安哪敢不去，他直奔诸葛丞相住的西暖阁，看见棋盘都已经摆在了桌子上。郭安的围棋下得不错，可是诸葛丞相的棋下得更好，两人互有胜负。这时，外面传来了三更的鼓声。

郭安偷眼看诸葛丞相，他却棋兴正旺，丝毫没有疲惫的样子，两人就这么一直下到了四更天。

郭安在椅子上如坐针毡，因为心神不宁，最后这三盘棋竟全输掉了。听着府内的五更的更鼓声，诸葛丞相一推棋盘，说道："传——百果千蔬醒目汤，我要唤醒后主，后主要上朝去了！"

郭安急忙推开房门，没想到刘易牙和廖理肠已经将汤做好了，就放在一只带盖的大木托盘中。四个小丫环各自持着大木盘的一角，站在门外正候着呢。

后主刘禅被诸葛丞相唤醒，廖理肠一挥手，刘易牙掀掉上面的木盖子，刘禅和郭安竟一起"啊"了一声。只见那木盘子里面放着一只二尺见方的白玉盘子，白玉盘子上放着用水果片堆砌而成的梅、兰、菊、牡丹和荷花的花雕，这五色花雕刀工精美，形态逼真，令人眼前一亮。赏心悦目的花雕看完，廖理肠从身后的食盒里拿出了五个小罐子，将里面的五味菜汁分别淋到了五朵花雕上。

那清凉的菜汁味扑鼻袭来，真的令人想立即进食。郭安一伸手，对廖理肠说道："筷子呢？"

廖理肠却说："这道菜不能吃呀！百果千蔬醒目汤只是餐前的一道观赏菜、开胃菜。"郭安愣住了，那么多人一起忙活，这道菜竟然不是吃的，这也太奢侈了！

这道汤记载在《帝王通鉴》上面，讲的是东周列国中吴国皇帝夫差的事。那夫差每次餐前都会进百果千蔬醒目汤……

诸葛丞相就是想尝尝这道汤的味道，谁承想这汤竟是充饥的画饼呀！突然，他恍然大悟道："我今天才知道吴国灭国的原因——都是奢侈惹的祸呀！"

看着诸葛丞相陪着后主刘禅乘龙辇离开了大司马府，郭安激灵灵地打了个冷战——原以为诸葛丞相是要借着后主刘禅到大司马府尝菜的机会除掉他，可是事实根本就不是那么回事。

郭安是蜀国重臣，年岁最高，资格最老，他的许多朋友都不止一次地规劝过郭安，生活不要太奢侈。可郭安认为自己不贪不占，花在美食上的银子也全都是自己的薪俸，就把所有的劝诫都当成了耳边风。

郭安享受美食，雷打不动，后主刘禅除了干瞪眼，也没有任何办法。

郭安如此不听劝说，蜀国的官吏中已经开始盛行奢侈之风，这股亡国之气的弥漫，郭安绝对负有不可推卸的责任。

诸葛丞相为了蜀国的江山，便想对朝廷上下的奢侈之风开刀，可是怎么能提纲挈领地解决问题呢？诸葛丞相授意刘禅，首先在金殿上提出一个庞大的玉雕计划。郭安果然极力反对，这自然造成君臣失和的假象。然后郭安又以下犯上，痛斥了诸葛丞相一顿，接着诸葛丞相暗自派了两位皇宫的御厨来到了大司马府……一场借机报复的假戏演下来，郭安被吓出了几身冷汗后，也终于明白诸葛丞相的意思了。

郭安“扑通”一声跪倒在地，冲着渐渐远去的龙辇大叫道：“丞相，老臣知错了！”

绝世肚王

1.一封战书

1949年，汤恩伯率领着二十万中央军困守大上海。中共第三野战军已经把上海这座孤岛围成了铁桶。上海市的外部危机四伏，城市内部则更是乱成了一锅粥。

黄浦江饭店位于闸北区，老板就是邱毅。邱毅今年四十多岁，五短身材，留着一个小平头，显得很是精明干练。

邱毅在十八岁的时候，拜锦江饭店的肚王廖天朝为师，学习廖天朝出神入化的做菜手段。还有一个年轻人和邱毅一起学徒，这个年轻人名叫于浦东。于浦东是邱毅的师兄。

锦江饭店的后厨高手云集，于浦东更是少有的聪明人，他不仅跟着廖天朝学习上海本帮菜的做法，他还对其他名厨暗中偷艺，全国八大菜系的名菜，他几乎都能做。

邱毅和于浦东比较起来，明显的一根筋，他只是跟师傅学习上海本帮菜的制作方法，对于全能厨子的诱惑，他根本不为所动。

廖天朝自然喜欢邱毅多一点儿。于浦东受了冷落，心里愤愤不平。这一日，马来西亚的大商人罗家宋到锦江饭店吃饭，他对于浦东制作的肚菜特别欣赏。

于浦东和罗家宋一见如故，罗家宋巧舌如簧，于浦东经受不住他的怂恿，便匆匆地留下一封信，然后不辞而别。于浦东坐船去了马来西亚，他和罗家宋到异国他乡开饭店去了。

廖天朝受此打击，一病不起，三个月后，便溘然而逝了。邱毅葬了师傅后，便自己开了一家黄浦江饭店，邱毅恨死了于浦东，他扬言，只要于浦东回到上海，他一定要叫于浦东好看!

一转眼，就过去了十五年。邱毅手下的伙计这天刚刚打开饭店的大门，一个头戴罗宋礼帽的马来西亚人就手拿战书，找上门来。

于浦东这十多年可发财了。他在马来西亚开了十几家饭店。他精研的九肚宴，更是名噪一时。于浦东在三个月前，坐船从马来西亚出来，先在日本和朝鲜转了一圈，收集了不少珍稀的肚料，然后就坐船来到了嵊泗岛。嵊泗岛是上海外海的第一大岛，那是被诗仙李白称作“海外有仙山，山在缥缈间”的好去处。

嵊泗岛是鱼肚的重要产地，虽然上海要打仗，但为了能够收到上佳的做菜原料，于浦东可真的有些冒险了。

于浦东一边收购鱼肚，一边向岛上的渔民打听邱毅的近况，听说当年那个不声不响的师弟，现在已经成为上海滩肚王的时候，于浦东的鼻子差点儿气歪，如果他当年不是远走马来西亚，在上海滩哪有邱毅的出头之日呀。

于浦东提起笔来，用嚣张的口气写下了一封挑战书，他约邱毅三天后来嵊泗岛，师兄弟二人要来一场肚王斗菜大赛！

2.彼岸小榭

三天后，邱毅领着十多位上海工商界的名流，大家在闸北警察局侯六侯警长的保护下，坐船直接来到了嵊泗岛。

上海现在是非常时期，实行军管，一切人等，没有军方的特别通行证，休想出海。邱毅如果不是想替师傅出一口恶气，他也不会拿出五条黄鱼（金条），买通了闸北区的警察局牛局长，牛局长这才帮他找关系，替邱毅开出了一张直航嵊泗岛的特别通行证。

牛局长老奸巨猾，他也怕出什么变动，便叫侯警长领着八名警察，明为保护，实则为监视，就这样二十多个人一起出海。

渡船直航嵊泗岛，于浦东却没有露面，他只是派了四名手下在码头上迎候着。侯六第一个跳上岸来，他骂咧咧地道："叫于浦东那个赤佬来接我们！"

邱毅拉了拉侯六的衣襟，低声说道："侯警长，您先消消火，我一定要在厨艺上把于浦东斗败！"

侯警长鼻子里"哼"了一声，道："你要是斗不过他，我就一枪把于浦东崩了，然后就说他里通共匪！"

邱毅连连点头，然后大家沿着岛上的贝壳路，一直来到了钓鱼岩。就在钓鱼岩旁边的海水里，于浦东为了厨艺大赛，竟修了一座六间房子大小的精致船屋。船屋的门楣上，写着“彼岸小榭”四个字。

于浦东一身白衣，脸色严整，正站在船屋门口迎候着众人。就不远处的海面上，还有一艘铁壳的汽艇在游弋。

于浦东果然财力雄厚，彼岸小榭虽说是一座船屋，但里面的大客舱极为宽敞，家居摆设也是极其奢华。

要知道上海正是非常时期，生意难做，前来观看斗菜的这些工商界的人士每天都会收到军方的摊派通知，大家正脑袋疼呢，忽然接到邱毅的邀请，众人正可以借机出外躲避一下，故此这些商人才能如此踊跃前来。

别看彼岸小榭是一座水面船屋，可是稳定性极佳，众人踩着跳板登上了水面上的彼岸小榭，彼岸小榭也只是微微摇晃而已。彼岸小榭有一大一小两间客厅，众人坐进大客厅的椅子里，大客厅对面就是用玻璃窗隔开的厨房。于浦东怕众人分心，彼岸小榭的窗子外面都拉上了厚厚的纱帘，四盏“呲呲”燃烧的汽灯，把客厅照得纤毫毕见。

经过众人的推选，上海工商联合会的副主席张一昌、大明纱厂的老板孔巨和侯警长，成了这次肚王厨艺大赛的评委。

于浦东点了点头，一摆手说道：“三位评委还是先到小客厅喝茶吧！”

三位评委都是邱毅领来的人，如果他们一起作弊，于浦东怎么能够取胜呀？张一昌、孔巨和侯警长三个人便一起来到了隔壁的小客厅。

于浦东为了这次大赛，准备得极为充分，请三个人喝的竟是马来西亚的森林茶。这森林茶极为特殊，竟是马来西亚热带丛林中的一种干苔藓，按照生长的地方的不同，其可分为山下茶、山腰茶和山顶茶。在马来西亚，这三种茶不是有钱就能喝得到的，那是一种身份的象征。

三个人正在品茶呢，就听外面的于浦东叫道："菜已做好，请三位评委出来评菜吧！"

3.肚王大赛

两盘菜被摆在了舱室内的桌子上。一盘是九宝山鸡肚，另一盘是翡翠羊肚羹。

山鸡吃草虫，饮山泉，遇到不好分解的食物，还会啄食沙砾帮助消化，所以山鸡肚要比家鸡肚更加鲜香。厨师用薏仁、山米、山枣肉等九种辅料和鸡肚同炒，堪堪去掉了山鸡肚的草腥气，这道菜简直可以说是构思巧妙，绝对味美了！

翡翠羊肚羹用的是天山羊的羊肚。天山下面有一个巨大的草场，草场上不光有鲜嫩多汁的青草，还有枸杞、三七、高原参等许多大补的药材，天山羊肚用白水煮、沾盐巴吃都是可口的佳肴，更别说是被手段高超的厨子做成翡翠羊肚羹了。

羊肚羹被盛放在用西瓜皮雕成的钵盂中，简直就像艺术品一样，勾人食欲，吊人胃口。

三个评委拿起餐具，尝菜品味，张一昌和侯警长感觉翡翠羊肚羹味美。而大明纱厂的老板孔巨却选了九宝山鸡肚获胜。

翡翠羊肚羹出自邱毅的手，其可九宝山鸡肚是于浦东亲手炒制的。第一场比菜，竟是邱毅获胜了。

众人见第一场比菜邱毅获胜，竟“噼里啪啦”地鼓起掌来。人品即菜品，看来当年背师逃跑的于浦东做肚菜的手艺，还是照他师弟差了一个层次。

一场斗菜，时间已经过去了两个小时，外面传来浪击礁石的声音，船屋在海浪声中微微晃动。现在已经开始涨潮了。

于浦东第一场斗菜比赛失败，可是他气定神闲，好像根本不在乎的样子。在马来西亚的厨师界，于浦东被人送号“九肚王”。三局两胜，看来邱毅想要夺标，还得打足了精神才成。

三位评委这次被请到小客厅中喝咖啡去了。于浦东用手一指案头上的一列木桶，说道：“邱先生，这次你先随意挑三样原料吧！”

案头上的木桶中分别放着用水发好的羊肚、猪肚、鸽肚、鸡肚、雁肚、鹅肚、金钱肚和豹肚等做肚菜的原料。

羊肚和鸡肚被两个人第一次做菜用过，再次做菜，只能用剩下的肚料了。邱毅见于浦东如此托大，心中生气，道：“那我就占先了！”

邱毅选中的原料是雁肚、金钱肚和豹肚。于浦东从剩下的原料中选了鸽肚、鹅肚和猪肚。

邱毅可是上海厨师界制作肚菜的第一名厨，肚菜原料经过巧妙搭配，制成的菜肴滋味绝对会更胜一筹。雁肚、金钱肚和豹肚都是滋味绝佳的好东西，三样肚料经过他的巧手蒸制，一盘雪雁抱金钱就被他端到了桌子上。

金钱肚就是牛肚。金钱肚被切成了铜钱样的圆形，铺在了盘底，而豹肚则被切成了铜钱眼大小的方块，放在了一个个金钱肚片上。雁肚被邱毅切碎制成了雪花飞雁模样，摆在了一个个“金钱”之上。雪雁抱金钱，好有意境的一道菜。

鸽肚、鹅肚和猪肚这三样东西就不好配菜了。于浦东果然不负九肚王的盛名，他稍事研究，便做出了一道以滋味取胜的三才肚丝汤端了出来。

肚丝汤经过熬制，形同琼脂，那漂在汤面上又长又细的肚丝，就好像是从九天长空中飘落的雨丝一样惬意。

三个评委喝完马来西亚的咖啡，又一次拿起了餐具尝菜，这次三个评委好像经过约定似的，竟一起评三才肚丝汤获胜。

其他观看斗菜的工商界人士也纳闷，雪雁抱金钱不管从菜形和香味上，都比三才肚丝汤强了一筹，三才肚丝汤怎么可能就获胜呢？

众人不服气，纷纷尝菜，等大家尝完了菜，都为邱毅叫屈。邱毅做的雪雁抱金钱的滋味绝对超过了三才肚丝汤。

邱毅绝顶聪明，他看着小舱室内的咖啡杯，忽然明白了过来。咖啡他可喝过，味道苦极，喝了这么苦的咖啡，舌尖自然尝不出他这道菜的美妙滋味，可三才肚丝汤却不同，那是一道汤菜，流质的汤汁先将咖啡苦苦的味道冲走，舌头上的味蕾重新恢复活力，三才肚丝汤的滋味这才被显现出来。

邱毅第二场斗菜，竟败在于浦东的诡计上了！

4.九品十绝

两个人各自胜了一场，想要分出斗菜的输赢胜败，就看这最关键的第三场了。窗外海浪声清晰可闻，于浦东的彼岸小榭构造神奇，随着涨潮，船屋在海浪中微微晃动。

第三场比赛开始。于浦东轻轻地一拍手，就见厨房的天窗“咔嚓”一声打开，他的两名手下竟然从烟道上面，取过一块硕大的鲨鱼肚片送了下来。鲨鱼是海里的霸王，张口生吞鱼类，全靠蠕动力绝佳的大胃消化。鲨鱼在肚菜原料中不易得，被厨界称为九品鲨肚。

鲨鱼肚一旦被劣等的厨子做得不得法，便会奇腥刺鼻，一旦被妙手厨师做得入味，又会鲜美无比，实在是绝妙的好东西。

看着那片还冒着油星儿的鲨鱼肚，邱毅叫道：“于浦东，你竟敢使诈！”

彼岸小榭内的厨房可是经过于浦东特殊设计的。那条直通房顶的排气道中间有一个用汽车蓄电池带动的电扇，电扇转动，他们两个蒸制肚菜的香气都会顺着气道排出室外。

于浦东先将那片发好的鲨鱼肚挡在了烟道上，蒸制肚料的香气便全都被鲨鱼肚吸收了，于浦东现在就要用这鲨鱼肚做菜，鲨鱼肚吸收了众多肚料的精华，再用它做菜，还有不胜的道理？

观看斗菜的商人们纷纷指责于浦东的苟且行为，邱毅看着剩下的八种普通肚料，长叹一声，说道：“没有那种几乎绝迹的十绝肚料，我真的无法取胜！”他正要宣布自己失败，没想到房门却被人“咣”的一声踢开了，一个手持双枪的黑衣人闯了进来。

侯警长一瞧黑衣人，惊叫道：“双枪柳！”双枪柳可是嵊泗岛有名的海匪呀。他专杀恶警渔霸，谁曾想肚王斗菜，竟把他给惊动了。

侯警长和他手下的警察还没等反抗，“呼啦”一声，又从船屋门口冲进了十几个黑衣人，这些黑衣人个顶个的都是好手，没用三分钟，侯警长和他手下的这群警察就都成了滚地的葫芦，乖乖地做了这帮悍匪的俘虏。

张一昌大声叫道：“双枪柳，你要干什么？”

双枪柳“嘿嘿”一笑道：“柳某今天前来，一不是绑票，二不是杀人，我是求邱老板帮我做一道菜！”他讲完，把驳壳枪往腰带上一插，然后从背后的包袱里取出了一片黄灿灿的东西，“咕咚”一声，丢到了邱毅面前的桌子上。

邱毅识货，他面带惊喜地叫一声：“黄唇鱼的十绝肚！”黄唇鱼产量极少，在《食谱》中，黄唇肚被列为上八珍之一。

黄唇鱼的十绝肚是椭圆形，呈现金黄色的半透明状态，黄唇鱼肚是鱼肚中品质最好的鱼肚，以前有朝廷的时候，曾被皇家列为贡品，所以珍贵异常。

双枪柳被上海的警察厅通缉，只能躲在嵊泗岛避风，前几日有渔民捕得了一条一百多斤重的黄唇鱼……面对珍贵的黄唇鱼鱼肚，岛上的厨子竟不会蒸制，他就负着鱼肚到彼岸小榭找邱毅来了。

邱毅有了黄唇鱼的十绝肚，何愁不能胜过于浦东呀！邱毅和于浦东这次做菜，不再避讳评委了，他们各据一副灶台，开始做菜，半个小时后，两种鱼肚的鲜香之气就溢满了舱室，两道绝品的妙菜刚刚做得，还没等装盘往上端——背靠船舱的侯警长趁着双枪柳不注意，挥起左臂，一拳头把窗玻璃打碎，然后飞身就向窗外跳去。侯警长跳出窗外，就听“扑通”一声，一头跌落茫茫的大海。侯警长在海水中半沉半浮，连声怪叫道：“救命呀！”

双枪柳一甩手，袖口里的飞刀发出，飞刀穿窗而出，正中海水中怪叫的侯警长脖子，侯警长惨号一声，最后沉到了海底。

船屋的窗玻璃被打碎，纱帘也被飞刀割开了一个大口子，船屋里的商人们伸头往外一看，大家一起惊叫道：“大海？彼岸小榭怎么漂到海上了？”

彼岸小榭并不是一个船屋，而是一艘经过伪装的大船。众人上船后，那艘在不远处游弋的汽艇便拖着缆绳，将彼岸小榭牵到了大海中，经过半天的航行，现在的彼岸小榭已经离开上海六十多里水路了。

5.真正奇菜

于浦东一摆手，制止了众人的喧哗，他看了一眼师弟邱毅说道：“各位都是上海工商界的巨子，我用这个瞒天过海之计，也是想保证诸位的生命安全呀！”

于浦东和邱毅都是我党的地下党员，他们明着是斗菜，其实是想把这些工商界同仁带出上海，然后远离军统特务的迫害，为新中国的上海建设留下这批人才呀!

邱毅取出了一份名单，说道：“这是我党电台截获毛人凤拍给上海军统特务的密电！”这是一份毛人凤命令军统特务绑架工商界的知名人士，然后远去台湾的名单!

上海已经成为了一座孤岛，上海一百多位有成就的工商界人士都在特务们的绑架之列。那封密电上写得明白，如果名单上的这些商人同意离开上海，远去台湾还罢了，如果一旦拒绝撤退，这帮凶狠的特务就将格杀勿论了。

我地下党已经抢在上海军统特务之前，展开了疏散和救援行动。嵊泗岛斗菜，只是转移工商界人士计划的一部分。

于浦东说道：“诸位的厂子、亲人都在上海，我想大家也没有几个人想去荒凉的台湾吧？”

那个兔子都不拉屎的地方谁愿意去？张一昌抱拳说道：“于先生，我听说贵军一旦攻陷了上海，我们这些资本家，都将被彻底镇压呀？”

那根本就是南京政府的反动宣传。邱毅急忙给大家解释我党放水养鱼的政策，张一昌的心这才稍稍地平静了一些。

孔巨担心地说道：“我觉得我们这些靠剥削起家的资本家，即使不被镇压，名下的厂子和财产，也得被贵军分光呀？”

邱毅摇了摇头，说道：“不会的，北京方面早已经给上海的工商界定了调子，那就是——公私合营！”

于浦东先把公私合营的好处给大家细说了一番，他见大家还有顾虑，就把自己做的那道鲨行四海端了上来，这道菜是吸收了其他八种肚菜的香气，最后才成就了自己味道的菜肴。他说道：“反动的南京政府对待大家是竭泽而渔，而我党却是放水养鱼！说得通俗一些——众位商人好比是肚菜，而反动的南京政府就是这块吸收了大家味道的鲨鱼肚，汤恩伯的军队派粮派款，众位商家早已经被搞得疲于应付了！跟着国民党，吃亏的是大家！”

邱毅取过了自己做的众肚成城，黄唇鱼的鱼肚和其他的八种肚料在一个锅里清炖后，黄唇鱼的鱼肚不仅被其他肚菜去掉了自己本身的腥气，另外的八种肚料的滋味也被黄唇鱼的鱼肚提高不少。

“我党的政策就像众肚成城这样，公私合营后，不仅在座的商人们有饭吃，广大的工人们也有饭吃，这才是大上海工商界唯一的出路呀！”

张一昌连连点头，可是他不无担心地说道：“我们离开了上海，可我们的家眷怎么办？”

于浦东一拍胸口，说道：“这个请大家放心，我们的地下党，已经把诸位的家眷转移到了安全的地带，还有一件事我要告诉大家，解放军对上海的总攻，马上就要开始了！”

孔巨摇了摇头，说道：“国民党的海军军舰不停地在海上游弋，真要遇到了那个可怕的大家伙，我们这船人的性命也就交待到这儿了！”

双枪柳大声说道：“请诸位放心，大家的安全，兄弟我可以用自己的性命做担保！”双枪柳原本是渔民出身，因为杀了和水警串通一气欺压渔民的海霸，这才干上了人人惧怕的海匪，经过于浦东做工作，双枪柳终于弃暗投明，成为我嵊泗岛海上游击队的队长。

众人正在七言八语间，就听不远处忽然传来了一阵刺耳的汽笛声，透过船窗，可以看见一艘高扬着炮口的大型军舰直追了过来，大家一起惊叫道：“军舰，汤恩伯的怀山号军舰！”

双枪柳冷笑一声道：“汤恩伯的军舰，我还怕它不来呢，狗日的来了，我就叫它有来无回！”

双枪柳的手下扒下了警察们的衣服，纷纷穿在了各自身上，然后用一根绳子把双枪柳假意地绑了起来。怀山号军舰追上来的时候，几个警察押着双枪柳走出了舱室，其中一个警察怀里还抱着一个木盒子，木盒子里面都是亮光闪闪的宝贝！

怀山号军舰的舰长也看过拘捕双枪柳的通缉令，他一见上海的警察抓住了双枪柳，还得到一木箱子的宝贝，不由得心中大喜，叫道：“快把双枪柳给老子押到军舰上来！”

几个假警察押着双枪柳，他们沿着放下的铁梯子上了军舰。丁浦东和邱毅的四只手紧紧地握在了一起，他们的眼泪流淌了下来。

双枪柳早已经做好了准备，他那个木盒子中装有炸弹，这个威力巨大的炸弹就是给敌人的军舰预备的呀！

军舰上先是响起了激烈的枪声，随后“轰隆”一声巨响，舰长室被炸得飞上了半空……

紧接着，上海方向传来了隆隆的炮声，攻打上海的战役也打响了。

张一昌和孔巨对望了一眼，张一昌点了点头，然后用激动的语气说道：“为了保护我们，自己的命都可以不要，这样的党，这样的队伍值得信赖呀！”

孔巨的眼泪止不住流淌下来，他真的不舍得离开上海，看来为了大上海的明天，大家真的应该好好合计一下了。

丁浦东和邱毅领着大家来到了安全的水域，他们两个最后用鲨鱼肚、黄唇鱼肚和剩下的八种肚做了一道菜，这道菜就是鼎鼎大名的“一肚天下”。

肚菜不仅美味，更有文化内涵，它讲究的就是包容，一肚天下是把这十种肚料一样一样套起来，最后一起下锅同蒸，十种肚料互相借味，最后同煮出一道最美味的好菜来。包容才是这道肚菜的真正意义呀!

“一肚天下”成菜后，谁也没有吃，而是被众人一起投进了奔腾的大海，也只有双枪柳这样的英雄才最有资格享用这道菜呀……

大上海的方向，炮声隆隆，那不仅是摧毁旧体制，更是万象更新，涅槃重生的礼炮声……

变脸王

1.这个戏一定要看

四川阿坝镇可是个历史悠久的古镇，一百多年前，这里曾出过一个擅演川戏的变脸王。变脸王的时代早已经过去，现在阿坝镇的镇长就是江兆年，别看他这个镇长官不大，可是却管着两乡八寨十三个自然村。

江兆年当镇长四年，经过他的努力，分别在坝上和坝下乡各建了一个厂子，这两个厂子分别是野山菜加工厂和特种白灰厂，这两个厂子不仅解决了不少当地青年的就业问题，其经济效益也十分可观。

江镇长为了使本乡的经济能百尺竿头更进一步，联络到了省里的一个同学，经过同学的引荐，他又弄到了一个好项目，可是这个项目刚到手，他便接到县里的一份调令，过完年，他就要到县委组织部上班去了。

江镇长手里握有好项目的消息一经传出，坝上乡的乡长孙科、坝下乡的乡长赵子斌可都坐不住了。

那两个厂子已经使他们尝到了甜头，现在只要把江镇长手里的第三个项目争取过来，何愁本乡的老百姓不能过上好日子？

孙科打定主意后，开着二手奥拓车直奔镇政府，可是他敲开镇长办公室的房门，伸头往里一看，心里不由得“忽悠”了一下子，赵子斌竟早来一步，正和江镇长谈得热乎呢。

孙科和赵子斌打过招呼后，也不客气，对着江镇长张口就直奔主题——每到年底，坝上乡都要请川剧团唱戏，江镇长过完年就要到县里走马上任去了，当地的老百姓为了感谢江镇长，他们特意拜托孙科一定要请他到坝上乡去听戏，并借机为江镇长践行。

江镇长听孙科说完，呵呵笑道：“赵乡长也想请我去听戏，你说这可怎么办呢？”

孙科提高了声音说道：“坝上乡的野菜加工厂最先建成，老百姓的收益也是最大，请江镇长到我们那儿去听戏，这理所当然嘛！”

赵子斌不满地说道：“孙乡长，咱们总得有个先来后到吧？”

江镇长一听自己的两个老伙计要打嘴仗，急忙一摆手，说道：“这样吧，八角寨位于你们两乡的交界处，我就到那里听一天的大戏，就当接受两位的邀请了！”

孙、赵二人一见江镇长如此安排，也是无话可说了，但赵子斌还是不走，他“吭哧”了半晌，最后说道：“坝下乡特种白灰厂的效益始终不如坝上乡的野菜厂好，乡亲们听说您手里还有一个项目，这个项目，江镇长是不是首先考虑我们乡？”

这回轮到孙科瞪眼睛了，他大声说道：“赵乡长，野菜加工厂里只有一百多个岗位，可在你们白灰厂干活儿的整整有五百多人，如果从就业人数上来说，江镇长的这个项目，铁定就应该给我们乡！”

江镇长给他们一人倒了一杯水，说道：“你们先别吵，这第三个项目给谁，等我到八角寨听完了川剧再定！”

2.猜猜变脸的秘密

三天后，江镇长来到了八角寨，孙科和赵子斌可都下了力气，他们早在寨子口的东西两旁，分别搭了两个高大的戏台。江镇长一到，坝上乡和坝下乡的工作人员急忙端茶上果，热情招待。

江镇长手里的项目，可关系到本乡老百姓的切身利益，这个可马虎不得呀。当天中午，孙科和赵子斌共同设宴招待江镇长。三杯酒下肚，孙、赵两位乡长又把话题扯到了第三个项目上。江镇长见二人又要吵架，急忙说道：“莫吵，莫吵，你们既然都想要这个项目，我倒有一个公平的解决办法，你们要不要试试？”

坝上乡请来的戏班子唱的是川剧《下河东》，坝下乡请来的戏班子唱的是川剧《三进碧游宫》，唱《下河东》的演员是九岁红，唱《三进碧游宫》的演员是一声雷。

九岁红和一声雷都会川剧变脸的绝活，江镇长解决第三个项目归属问题的办法，就定在变脸上。川剧演员大多数都会变脸，可是他们人人变脸的手法不同，九岁红在戏台上变脸的时候，赵子斌可以去猜他的手法，如果赵子斌猜对了他的变脸手法，江镇长就把手里的项目给坝下乡。

孙科一听急了，说道："那我们坝上乡怎么办？"

江镇长笑道："你可以研究一声雷的变脸手法，如果你猜得对，我手里的项目就给你们坝上乡！"

川剧演员皆视变脸手法为生命，如果那么容易被破解，就不叫绝活了。江镇长的话刚说完，孙科和赵子斌却"嗖"的一声，一起站了起来，他们异口同声地说道："要是我们一起猜到了他们变脸的秘密呢？"

江镇长笑道："要是你们一起猜到了他们的秘密，那么我还有另外的解决办法，这个你们就不要担心了！"

九岁红和一声雷的两个戏班子刚刚来到八角寨，孙科就以粉丝的名义，把一声雷请到了八角寨村长家里，八角寨村长的媳妇做了一桌子丰盛的酒席，孙科对着一声雷也是频频劝酒。

酒至半酣，一声雷端起了酒杯，感激地说道："孙乡长，您真够朋友，以后有什么事儿，只要您一个电话，我一声雷随叫随到！"

孙科摇了摇头，说道："一声雷老弟，老哥我目前真就有一个过不去的坎！"孙科将他面临的困境说了一遍，一声雷放下手里的酒杯，一脸都是为难的神色。

孙科一伸手，从怀里摸出了五万块钱，"砰"的一声，拍到了桌子上，说道：“老弟，只要你讲出变脸的秘密，这些钱就都是你的！”

这笔钱是经过坝上乡党委特批的项目引进活动经费，孙科将这笔钱都给了一声雷，看来他是孤注一掷了。

一声雷对孙科一竖大拇指，说道：“孙乡长，换了别人，给我十万，我也不会告诉他变脸的秘密，但你这样够义气，我就告诉你！……”

孙科和一声雷的一顿酒，直喝到了下午四点多钟，等他来到九岁红的戏班子才知道，九岁红也被赵子斌拉去喝酒了！

3.一场高智力的比赛

晚上八点，九岁红演的川剧《下河东》首先开锣，《下河东》是马上皇帝赵匡胤御驾亲征河东叛军的一段故事。九岁红饰演赵匡胤，演到赵匡胤激斗群匪的时候，就见九岁红的右手猛地在脸上一抹，花脸的赵匡胤就变成了黑脸，观众还没等反应过来，九岁红的左手一挥，黑脸的赵匡胤竟变成了青脸，直到青脸的赵匡胤又变成红脸的时候，台下看呆了的观众这才响起了激烈的掌声。

九岁红演完川剧《下河东》，一声雷的《三进碧游宫》开锣了。这是一段取自《封神演义》的故事，说的是广成子三进碧游宫夺宝的故事。一声雷先扮广成子，接着又扮通天教主，通天教主听说广成子三进碧游宫犹入无人之境，只气得一张脸神色也是三变。

一声雷变脸的手法明显和九岁红不同，他先是转身，等转过身来一张白脸已经变了金色，接着再变成绿色，最后一张脸变成了赤色。一声雷获得的掌声，绝对不比九岁红少。

一声雷和九岁红唱完了川剧，跟在孙、赵二人身后，一起来到了江镇长住的房间，因为是九岁红先唱的《下河东》，所以赵子斌第一个说话，他指着九岁红的额头说道："九岁红上台演戏的时候，就会在额头上事先抹三块重重的油彩，这三块油彩分别是黑色、青色和红色。"九岁红变脸用的手法叫作抹，他用手分别蘸着油彩在脸上一抹，那脸就变色了。"江镇长一问九岁红，九岁红急忙点头说是。

孙科看了一眼一声雷，说道："一声雷变脸用的手法是吹！"一声雷在唱戏之前，怀里放着三个小盒子，盒子里装着三种颜色的粉末，他变脸的时候，用手捏住粉末，凑到脸前，然后用嘴猛地一吹，手上的粉末便会扑在脸上，变脸就开始了。

孙科和赵子斌两个人为了破解变脸，真是煞费苦心，最后竟斗得不分胜负。

江镇长一见两个人打成了平手，说道："我来的时候，已经给县剧团打了个电话，明天晚上，县剧团会到八角寨演出一场，就算是镇政府对坝上和坝下两乡人民的答谢了。"

县剧团的团长名叫盖神武，他的变脸绝活号称本县第一。他竟能在很短的时间内变化五张脸，变脸之快，令人咋舌，盖神武的变脸术就是江镇长设置的第三道试题。

不管孙科还是赵子斌，谁能弄明白盖神武变脸术的秘密，江镇长手里的项目就给谁。

孙科和赵子斌听完，不由得愣住了，九岁红与一声雷可以用金钱收买，但是盖神武却不成，因为在变脸界，盖神武是“不差钱”的名家，而九岁红与一声雷只是小小的喽啰而已。

孙科急忙连夜回到了乡里，并召开了乡党委扩大会议，经过研究，最后大家一致认定——高人在民间，只要张榜招贤，重金悬赏，何愁不能破解盖神武变脸的秘密呀！

4.第三个富民的项目

破解盖神武变脸秘诀，重奖五万块的告示被孙科派人贴了出去。一时间，坝上乡为之轰动。孙科一上午便接到了不下二十个电话，可是那些反馈上来的消息，基本上都是经不起推敲和研究的。孙科垂头丧气地吃过了午饭，正准备开车去八角寨的时候，神木村的村主任骑着摩托车送来了一个四十多岁的中年人，这个中年人自称姓邹，名字叫邹一民，他说自己知道盖神武变脸的秘密。

孙科一问情况，邹一民说道：“变脸的手法一共分八种，分别是拭、揉、抹、吹、画、戴、憋、扯，其中以扯最为精妙，光论扯脸的技法，就有独指、两指、三指扯三种！”

真是高人在民间，这么超级难的一道题，竟让邹一民三言两语给破解了。

孙科兴冲冲地开车带着邹一民来到了八角寨，谁曾想赵子斌早就回来了，赵子斌也领着一个姓吴的高人，看他志在必得的样子，好像他也知道了盖神武扯脸的秘密一样。

晚上七点钟，盖神武的《归正楼》正式开锣，盖神武在戏里饰演洞庭英雄贝戎，贝戎行侠仗义，劫富济贫。劫皇纲官银激怒官府，被朝廷画影捉拿，贝戎最后只得施用“变脸”术，这才化险为夷，盖神武的扯脸绝活当真厉害，他“唰唰唰”在十几秒的时间里，便扯出了五张不同颜色的脸。

戏台下面掌声雷动，呼声四起，一台戏唱完，盖神武还没来得及卸妆，江镇长就拉着他来到了自己住的房间。赵子斌和孙科随后而至，两名破解盖神武变脸术的高人跟在他们身后。

两方面的高人都说盖神武用的绝活是扯脸，盖神武点头认同。孙科和赵子斌却一起愣住了，他们俩请来的高人讲的一样，这又是一场没有输赢的比赛！

江镇长就是有办法，他用手一指盖神武说道：“盖神武扯脸不假，可是你们说说，他把五张脸扯下来，都藏到什么地方去了？”

赵子斌领来的高人猜了几处，盖神武都是连连摇头，邹一民“呵呵”一笑道：“我给大家讲一个故事吧！”

孙科听邹一民这么说，不禁愣住了，现在可是决定胜负的关键时刻，邹一民讲故事干什么？

江镇长说道：“我最喜欢听故事，你讲吧！”

邹一民讲的是一个民国时期的故事。那时候，阿坝县的伪县长名叫魏千业，这个魏千业自称清官，可是在他调任离开本县的时候，他需要在两个副县长里面举荐一个来顶替他这个县长的位置，当时，他手下的两名副县长争得很厉害。魏千业为了公平起见，也是用变脸这招考了他手下的两个副县长。其过程竟和江镇长难为赵、孙二人是一个路子。

那两位副县长为了当官，只得用高价贿赂了上台表演变脸的两名川剧演员，虽然他们从那两名演员那里得到了变脸的秘密，但谁曾想那两名变脸的演员都是魏千业雇来的，两名副县长贿赂演员的钱财，最后都进了魏千业的腰包。

第一场变脸比赛，以两个副县长平手而告终。魏千业为了公平起见，第二天假惺惺地请来了川剧名角变脸王，变脸王上台后，一口气表演了扯九张脸的绝技，变脸王表演完毕，魏千业对那两个副县长说道："变脸王用的手法是扯脸，那你们说说，他扯下的脸，究竟藏到哪里去了？"

那两个副县长先是东猜西猜，最后竟对变脸王强行搜身，可是他们在变脸王身上根本就没找到他在台上扯下的脸谱，魏千业将两个无能的副县长臭骂一顿，然后举荐了一个给他重礼的财主，这个财主当了县长后，魏千业就拍拍屁股到别处上任了。

孙科和赵子斌听完了这个故事，脸都吓白了，邹一民讲的这个故事，不是暗指江镇长就是贪官吗？

江镇长听邹一民讲完，也不恼火，道："我是不是贪官，这个大家都清楚，不过我听你的话口，好像知道变脸王扯下的脸谱藏到什么地方去了？"

变脸的川剧演员，头、手、胸、腿和背上各处都有藏匿脸谱的机关，但这还不算绝的，他们还有最绝的一招，绝到了即使被搜身都找不到被扯下的脸谱——那九张脸谱竟一张张全被表演者吞到了肚子里。

邹一民的祖奶奶就是变脸王的女儿。变脸王唱完戏回家，两个副县长气急败坏，他们经过分析，都觉得那九张脸谱应该是被变脸王吞到了肚子里，为了求证，他们便领人在半路劫住了变脸王，先是一顿暴打，接着便给他强行灌下了吐药。变脸王吐净了肚子里的东西后，那两个副县长还是没有找到那九张隐身的脸谱！变脸王宁死不说那些脸谱被他藏到了哪里，最后，那两个副县长便下了杀手……

变脸王临死前留了遗言，他告诉自己的女儿，王家以后再不准唱戏，再不许玩变脸。邹一民的外甥是坝上乡乡政府的秘书，他为了能顺利引进江镇长手里的第三个项目，便回家极力动员自己的舅舅，经过苦口婆心地劝说，邹一民这个变脸王的嫡传后人终于露面了。

邹一民告诉孙科和赵子斌，盖神武的脸谱，确实是被他吞进肚子里去了。

九张画在绢布上的脸谱吞进了肚子，那还不活生生地把人噎死？邹一民摇摇头说道："如果你们以为吞进肚子里的是用绸布做的脸谱，你们就错了，那是用糖稀掺明胶做成的脸谱！"

糖稀掺明胶做的脸谱可以被胃液消化掉，自然不怕被噎到！

邹一民讲完，屋内的四个人竟一起鼓起掌来。这次却轮到邹一民发愣了。

江镇长手里的第三个项目是什么？那是建造一个关于川剧变

脸绝活历史的博物馆，然后以博物馆为龙头，带动本地原生态旅游项目的发展。

想建博物馆，必须找到最有号召力的变脸王后人，可是找到变脸王的后人，人家就肯把祖传的变脸绝活贡献出来吗？江镇长心里没底，他就和孙科、赵子斌演了一出戏，盖神武可没有吞掉脸谱的本领，他那五张脸，孙、赵二人是故意搜不到的，这场真真假假的大戏演下来，邹一民终于现身说法了。

邹一民听江镇长说完，一个劲儿地向江镇长道歉，他错以为江镇长是个贪官，临走要借机搂一把，哪曾想他真实的目的还是为老百姓造福呀。

变脸王临死前确实叮嘱他的女儿不许再上台表演变脸，更不许将变脸的绝技告诉任何人，但这话又说回来，变脸王是死在乱世中，才有了藏技保身的遗言，现在是太平盛世，如果还是一味的拘泥，那就是对变脸王绝技的亵渎了。

邹一民和江镇长四只手牢握在一起的时候，孙科、赵子斌的耳畔，已经隐隐听到了川剧变脸历史博物馆落成的鞭炮声，那一刻，就是本地经济插上翅膀的一刻，距离腾飞九霄，真的不远了！

虫　师

1.养虫

明嘉靖年间，北京城西北约五十公里的地方，有一个天寿山。这里就是明成祖以至后来明朝七位皇帝的龙眠之地，他们都将自己的寝陵，修到了这里。

天寿山下，有一个古樟镇，这个镇子虽然不大，可是每到四月十八日，方圆几百里的捕鸟人，都会云集在镇子中，然后向天寿山的陵管隆科多，出售自己捕捉到的杜鹃鸟。

古老三就是本地最大的鸟贩子。古老三家住天窑镇，距离天寿山足有两天的车程，可是他早在五天前，便命仆人们赶着七八辆马车，早早地来到了古樟镇。

古老三来到了镇东客栈，客栈的老板柳林听说老主顾驾到，急忙满脸堆笑，迎接出来。

古老三和柳林寒暄几句，说：“柳老板，咱们还是按老规矩办，一百两银子在您的客栈包住五天如何？”

柳林“呵呵”一笑道：“客栈的鸟房，我都为您准备好了！”

古老三的七八辆马车上，载着大大小小一共三百多只鸟笼子，这些鸟笼子里面，装着他一冬天捕到的三千多只杜鹃鸟。

天寿山上，遍布十几万棵护陵松，为了防治松毛虫害，皇陵的陵管隆科多便会在每年的四月十八日，亲自领人来到古樟镇，然后精心挑选几千只杜鹃鸟，放归护陵松林，让这些以松毛虫为食的杜鹃鸟代替人工，护林抓虫。

隆科多出手阔绰，他以一两银子一只的高价收购杜鹃鸟，引得鸟贩子们趋之若鹜。

古老三住店五天，柳林要精心地给那些笼子里的杜鹃鸟准备饲料。只有经过了仔细喂养的杜鹃鸟，才能叫声响亮、体态轻盈，最后被隆科多一眼相中。

柳林当着古老三的面，取出了给杜鹃鸟喂食的两种精料，一种料是炒熟的苏子拌麻油，另一种精料是切条的新鲜牛肉。

古老三满意地点了点头，说：“柳老板，辛苦你了！”

柳林看着古老三，踌躇地说：“古老板，今年有一个新情况，我不知道该不该告诉您……”

两个月前，古樟镇来了一位异人，此人名叫西门东，西门东是个虫师。

西门东来到古樟镇，租了一家农户的房子建成暖房，然后就在火炕上开始孵化松毛虫的虫卵，经过两个月左右的饲养，他那批松毛虫已经长得有筷子头粗细了。

西门东将松毛虫用暖房孵化出来，便将这个消息告诉了镇内三四家建有鸟房的大客栈，人都道居移气，食移体，杜鹃鸟再怎么吃苏子和牛肉，也不如吃松毛虫生得鲜活。

古老三听柳林讲完，惊讶地说："镇子中还有这样的高人，你赶快领我去看！"

西门东今年四十多岁，生得獐头鼠目，一双黄眼睛滴溜溜地乱转。他的暖房就在镇西，暖房内温度很高，好像到了夏天一样，再往墙角的一排木架子上看，那上面一个个的笸箩里放着松枝，松枝上爬满了肥硕的松毛虫。

古老三看着那一个个猛吃松枝的松毛虫，高兴得直拍手："西门先生，您的松毛虫我全都要了！"

2.买鸟

西门东的松毛虫可不便宜，要是全买一共需要两百两银子。古老三一咬牙，痛快地交了银子，然后便将这批松毛虫送到了柳林客栈。

古老三的杜鹃们一见鲜活的松毛虫，一个个疯吃疯抢，体重猛增，毛羽也像是水洗似的，逐渐透亮和明艳了起来。

一转眼，就到了四月十八日，三五十个鸟贩子都把自己的杜鹃鸟的鸟笼摆到了长街之上，古老三这次却姗姗来迟，他手里只提着一只高档的红木鸟笼，鸟笼中装有一只体形硕大、鸣叫得欢快的杜鹃鸟。

辰时刚过，隆科多骑马领着近百名的护陵兵来到了古樟镇。

隆科多是个旗人，三十六岁，狮鼻虎目，一把黄胡子金晃晃的特别显眼。

隆科多骑马从街头走到街尾，看着今年鸟贩子们的杜鹃鸟一个劲儿地点头，可是他骑马走到古老三身边时，却一勒马缰，忽然停住了，古老三年年都来卖杜鹃鸟，他们两个早就认识。

隆科多狐疑地问："古老三，今年你怎么只拿来了一只鸟？"

古老三跪地施礼后，说："隆爷，我的鸟都在柳林客栈中放着呢！"

隆科多盯着古老三笼中那只鲜活的杜鹃鸟，忽然明白了："先去柳林客栈，如果你的杜鹃鸟果真好，爷就给你全包圆了！"

隆科多刚来到柳林客栈外面，便听到了"叽叽喳喳"欢快的鸟叫声，待看到那三千只又蹦又跳的杜鹃鸟，隆科多兴奋地一扬马鞭说："好，只有这样欢实的鸟，才能抓虫，这些鸟，我全买了！"

古老三手里接过一张三千两的银票，一个劲儿地对隆科多表示感谢。隆科多走到古老三身边，低声问："四月的杜鹃，刚过了冬天，正是又瘦又小的时候，你怎么能将它们养得如此鲜活？"

古老三不敢撒谎，只得将西门东养虫的事情说了一遍。隆科多一摆手，对古老三命令道："带我去见西门东，这可是人才呀！"

西门东正在暖房中收拾行李准备回家，古老三领着隆科多来到了暖房，西门东刚刚给隆科多行了一个礼，就听隆科多吼道：

“将这个妖人给我带回陵管营！”

西门东被两个如狼似虎的陵兵给捆了起来，他扯开嗓子大叫道：“隆爷，我冤枉，我可不是妖人呀！”

隆科多的四名亲兵将一个劲儿喊冤的西门东带走，古老三不知道是福是祸，只吓得满头冷汗，一句话也不敢说了。

隆科多不理古老三，领着手下又返回了鸟街，他将杜鹃鸟买足后，就直接回到了陵管营。

隆科多回到陵管营后，天色已经暗了下来，他洗漱完毕，桌子上已经摆满了厨师给他做的酒菜。

隆科多对门口的亲兵吩咐道：“将妖人西门东带上来！”

那两名亲兵领命而去，不大一会儿，西门东便被推进了隆科多的帐篷，隆科多指着西门东的鼻子吼道：“你在古樟镇饲养松毛虫，莫非是想荼毒皇陵的护陵松吗？”

西门东跪在地上，一个劲儿地辩解，隆科多听到最后，显得有些不耐烦，说：“将他的绑绳解开，吃完饭后，我就立马送你上路！”

3.放虫

隆科多的桌子上共有十多个菜，而且每道菜都做得色香味俱佳。西门东面对这餐断头饭，自然是一点儿胃口都没有，可是他尝了几筷子菜之后，就好像被菜肴的美味所吸引，立刻手不停箸，口不停杯，一阵大吃大嚼后，就酒足饭饱了。

隆科多冷笑道：“西门东，吃罢了砍头饭，你自己选择个死法吧！”

西门东“嘿嘿”一笑，然后得意地说：“吃了隆爷的百鸟宴，我就知道，隆爷怎么会舍得杀我呢！”

隆科多的厨子制作的酒菜，全都是杜鹃鸟肉制成的，这一桌子鸟宴，至少需要杜鹃鸟二百只以上，在没吃百鸟宴之前，西门东还错误地以为隆科多购买杜鹃鸟，是为了除掉护陵松上的害虫，可是他拿起了隆科多的筷子才知道，隆科多买鸟只是在作秀而已。

朝廷每年拨到皇陵的银子大都是固定的，可是只有一笔银子却有很大的弹性，那就是灭松毛虫的灭害款。这笔银子往往根据松毛虫之害爆发的程度而随时增减。

隆科多为了让松毛虫每年都能爆发为害，就大量收购害虫的天敌杜鹃鸟，天寿山方圆百里因为滥捕杜鹃鸟，致使松毛虫之害连绵不绝。而被他买回的杜鹃鸟下场就更凄惨了，一只只被杀死后，就都变成了他盘子中的佳肴。

隆科多真的舍不得杀西门东，他要西门东帮他秘密饲养松毛虫。

西门东看着隆科多递过来的一千两的银票，将自己的胸脯拍得“啪啪”响，说：“请隆爷放心，我一定不辱使命，到了灾情爆发的八月，我一定养出一大批生龙活虎的松毛虫来！”

隆科多摇了摇脑袋，又递给西门东一张纸，这张纸就是陵工们除虫时往树上喷洒的灭虫药的配方——烟叶、狼毒、辣椒汁，再加上两三味有毒的草药，这些东西的浸出液，对松毛虫有极强的杀伤力。

隆科多说："你要不惜时间和银子，一定要饲养出能抵抗这种灭虫药的松毛虫来！"

隆科多派了两名心腹跟着西门东回到了他的老家。西门东雇人骑上快马，去东北，到山东，奔陕西，在一个月之内，这些人终于采回来了七八种松毛虫的虫卵，经过孵化，这些松毛虫都渐渐长大了。

西门东经过杂交和优选，最后终于培养出一种身背红毛，体型硕大，口器就好像是两个大铁钳子的松毛虫，这种被他命名为"虎子"的松毛虫，根本就不惧怕隆科多的灭虫药。

第二年开春的时候，西门东偷偷携带着这些虫卵来到了天寿山，他被隆科多的两名心腹领着，然后以清点护陵松为名，偷偷地将虫卵散布到了松林中。

隆科多当晚宴请西门东的时候，低声问道："怎么样？"

西门东自负地说："请隆爷放心，我饲养的虎子不仅不怕灭虫药，而且食量极大，保证今年是虫灾最大的一年！"

4.灭虫

春暖花开，蛰虫萌动，西门东偷偷放到山上的虫卵开始孵化成幼虫，经过两个月左右的生长，"虎子"终于长为成虫了。

这些手指粗细的松毛虫，果真是凶猛无比，铁钳子一般的大口猛张，护陵松上的松针，转眼间就变成了它口内的食物。

陵工得知虫情，便开始勾兑灭虫药。可是那些酸味刺鼻的灭虫药被喷洒到树梢上之后，那些浑身沾满了灭虫药的“虎子”，一个个就好像被打上了兴奋剂，对着护陵松更是大吃大啃，这些灭虫药对“虎子”来说，根本就是洗澡水一样，对它们的生命一点儿威胁都没有。

隆科多按捺住心头的喜悦，假惺惺地命令手下搬来梯子，开始上树人工捉虫。天寿山共有护陵松十多万株，一百多名陵工一天除虫下来，也就灭掉了一千多棵树上的害虫，如果照这个速度灭下去，至少三个月，才能将护陵松上的害虫全部灭掉。

可是看着“虎子”啃吃护陵松的速度，用不了三个月，至少有一半的护陵松都得变成光秃秃的树干。

隆科多急忙写了一道奏折，派快马送到了京城，嘉靖皇帝得知虫情，不由得惊得面无人色，天寿山的松树护佑着大明祖陵的风水，一旦有个闪失，自己的皇位都有可能受到影响。

嘉靖皇帝急忙派了三千御林军，然后携着五万两灭虫银子，疾奔天寿山。隆科多看着那白花花的银子，心里真是乐开了花。

三千御林军加入了灭虫的行动后，隆科多本以为天寿山汹汹的虫害定能被控制下去，哪曾想树上的“虎子”一边啃吃松针，一边大肆繁育自己的后代，灭完了这批虎子，“虎子”的儿孙们又一次成长了起来。

可是护陵松的松针生长的速度，根本赶不上“虎子”繁育的速度，眼看着天寿山护陵松大批死去，隆科多也害怕了，他急忙派手下将西门东再一次找到山上。

隆科多急问：“西门东，你赶快想个办法，‘虎子’之灾闹到一定程度就成了，如果满山的护陵松都被害虫咬死，别说明年没有灭害款拿，我们的脑袋都将不保啊！”

西门东苦着脸说：“隆爷，我将七八种松毛虫养在一起，让它们交配繁衍，优胜劣汰，我已经将它们耐药、暴食、繁殖迅速等优点，全都集中到了‘虎子’的身上，可是我也没料到它竟这样厉害，虫灾一旦泛滥开来，就和江河决口一样，我也是拿‘虎子’没有办法呀！”

天寿山虫灾无法防止的消息传到京城，嘉靖皇帝大怒，他当即传下了一道圣旨，命令隆科多必须在五天之内解决天寿山的虫灾之患，如有违旨，赐白绫自缢身亡！

隆科多纵然是千手观音，也无法灭掉无边的虫患。隆科多筋疲力尽地忙了五天，虫患不仅没有平息，反而有越闹越大的迹象。隆科多望着桌上御赐的白绫，“嗖”地抽出了腰刀，然后咬牙切齿地冲着西门东恶狠狠地说：“老子就是被你害得如此惨烈，我就是死了，也要拉你当垫背的！”

西门东面色如土，怪叫道：“隆爷，您饶命呀！”

此时，外面的天空上乌云密布，先是一道闪电，接着“轰”的一声炸雷，随后瓢泼大雨，“哗哗”地从天直落。

隆科多正要举刀刺死西门东，就听外面忽然响起了欢呼声，两名亲兵顶着暴雨闯进了陵管的大帐，对着隆科多欣喜地大叫：“隆爷，好消息，天大的好消息，那些松毛虫全都被大雨浇落到了地上，天寿山的虫害解除了！”

隆科多和西门东一起跑到门外，就见山洪和暴雨汇聚成的溪流上，漂的全是“虎子”的尸体，隆科多“扑通”一声，跪在地上，冲天高呼道：“天不亡我，天不亡我啊！”

可是第二年，以北京城为中心的北方地区，爆发了一场特大的松毛虫之灾，大明木业所遭受之损失，几乎无法估计。

西门东白捡了一条命，回到家里，重病了一场，当第二年夏天松毛虫之灾爆发时，他收拾了一个小包，然后急匆匆地赶到镇海口，登上了一艘直航海外暹罗国的商船，他在船上，竟意外地发现了古老三。

西门东诧异地问：“古兄，你卖杜鹃鸟可是一本万利的买卖，你不会像我一样，也是在选择逃命吧？”

古老三盯着西门东，说：“你和隆科多干的好事，天下谁人不知，可就是嘉靖皇帝蒙在鼓里，隆科多成了灭虫的英雄，而你老弟也腰缠万贯，我本想你们一定会遭天谴，可是一场暴雨却帮了你们……我经过冥思苦想，终于明白了，那绝对不是老天在纵容你们，它是在放贷，不知道什么时候，老天一定连本带利地全收回去。我越想越怕，我真的不敢在充满谎言、充满贪婪的大明土地上再待下去了！”

西门东听罢古老三的话，一屁股坐到了船板之上。他的脸色灰白，就好像死人一样。

疯狂的核桃

1.冤家对头

在涿鹿县城的旧街上，有一家陶记文玩店。这家店的老板就是陶吉。陶吉今年四十多岁，他经销的宝贝就是文玩核桃。

陶吉他爹陶念祖是本地赫赫有名的核桃王，陶吉子承父业，一直得意地以小核桃王自居。

这天陶吉刚刚起床，就听外面响起了“噼噼啪啪”的鞭炮声，陶吉打开店门，伸头一看，愣住了，就见对街又新开了一家文玩店，这家文玩店起的名字简直太嚣张了，竟是——涿鹿核桃王。

谁不知道陶吉在涿鹿县是玩核桃的第一高手。对面的文玩核桃店竟敢公然自封为王，这简直就没把陶家爷儿俩放在眼里呀。

陶吉为了给对面那家文玩核桃店个下马威，决定从即日起，陶记文玩店八折销货一个月。

核桃王文玩店的店主姓王，整天腆着一个弥勒佛似的大肚子。这个王胖子财大气粗，好像根本不在乎陶吉这个竞争对手。

陶吉经营的是涿鹿县产的麻核桃。可是王胖子的手笔却很大，他不仅经销本地产品，东北主产的楸子、云贵等地产的铁核桃也有销售。

陶吉虽然是一路打折，可是王胖子的生意却是越做越红火。陶吉为了扳回劣势，这天傍晚，他把自己的表弟陆斌找到了家里……第二天中午的时候，陆斌就鬼头鬼脑地来到了王胖子的文玩店。

陶吉早就探明，王胖子每天中午都要睡午觉，王胖子午间休息时，店里的生意都由一个小徒弟支应，王胖子的这个小徒弟只是个“棒槌”水平。

核桃王文玩店是个一百多平方米的大店，摆在玻璃柜台内的文玩核桃足有几百对之多。这些文玩核桃按名字大体可分为四类——鸡心、官帽、将军膀和最名贵的狮子头。

在清末的京城里，曾经流传着这样一句话——贝勒手上有三宝——扳指、核桃和笼中鸟。那个核桃，指的就是这种个大形美的文玩核桃。

文玩核桃在文物收藏界当中属于杂项一类，因为用手盘核桃的时候，需要五指齐动，十指通脑，指动则脑健，故此时常玩核桃对人甚有延年益寿之功。盘核桃说着简单——需要把两个形状最为相近的核桃配成一对，然后放在掌心中终日把玩。一对核桃盘过几个月后，核桃皮就会呈现红色，盘的年头越多，其色越赤，直到核桃皮色似琥珀，艳胜霞珠，方告大成。

王胖子的徒弟正在店里招呼着客人。陆斌走进店来，将核桃往柜台上一放，说道："老板，我想卖这对虎头！"

王胖子的徒弟一眼就相中了这对红里透润的虎头，急忙问道："什么价？"

陆斌一伸巴掌，说道："五千！"

文玩核桃中最珍贵的便是狮子头，这虎头核桃是仅次于狮子头的佳品，五千块真的已经很便宜了。王胖子的徒弟算是捡了个漏儿，最后这对核桃以四千八百元成交。

这对虎头刚刚放进柜台，就被涿鹿县一个姓齐的玩家相中了，他最后花了八千块把这对虎头买走了。可是当天下午，这个姓齐的玩家就气势汹汹地找上门来，这对虎头核桃是西贝货，看着光润喜人，其实核桃皮上的赤色竟是被染料硬浸上去的。

这个姓齐的玩家盘这对虎头的时候，两只手都被染成了红色，他挥舞着就好像刚刚杀过人的两只手，大叫道："王胖子，你这个黑心的奸商，这也太坑人了！"

2.跟你叫板

王胖子卖假货的消息立刻传遍了旧街，第二天一早，这桩丑闻便上了《涿鹿县报》的头条。陶吉手捧着报纸，高兴得都快找不到北了。

涿鹿县并不是什么大县，玩核桃的也就是那么几百号人，王胖子被陶吉阴了一道，真是有苦说不出呀！

王胖子的核桃店生意萧条，陶吉的买卖自然红火。冬尽春来，天气渐暖，陶吉这天正在柜台上低头算账，王胖子用手盘着一对核桃走了进来，陶吉还没等和他招呼，王胖子从怀里摸出了一张烫金的请柬，然后奸笑道：“陶老板，我给你送请柬来了！”

这张请柬是中国文玩协会发出来的，协会的总部在广州，每隔两年，文玩协会都会组织一次金核桃大赛，前几年，陶吉虽然也有心去参加，可是想想自己的实力，又打消了念头。

王胖子在前年参赛的时候，曾经取得过第三名的好成绩，他为了今年取得冠军，特意把店开到了涿鹿县，因为涿鹿县在满清的时候，曾经是贡品宫廷核桃的产地。

虽然从满清到现代，涿鹿县所产的文玩核桃逐渐式微，但王胖子在翻阅涿鹿县县志的时候，发现在乾隆时期和中华人民共和国成立那年，本地竟先后培育出了两枚绝品的文玩核桃——六棱顺子。王胖子把文玩店开到此地，也是希冀着能有所发现。

王胖子见陶吉手捧请柬不说话，讥讽道：“陶老板玩核桃，号称涿鹿第一，咱们谁有真本事，金核桃大赛上见！”

陶吉不服气地道：“鹿死谁手还说不定呢！”

王胖子右手的五指齐动，掌上盘着的两颗核桃红光闪闪，陶吉用眼睛一搭那两颗橘子大小的核桃，不由得倒吸一口凉气——这竟是一对极为罕见的五星上将！

食用的核桃上面一般是左右两条对生的凸棱，而品相好一些的野生麻核桃上，一般会三个棱，最多四个棱，要是五个棱简直就是凤毛麟角了。如果再从万千的核桃中，找到两枚从外形、棱面基本相同的五星上将，其艰难程度，无异于站在山顶上摘星星。

王胖子掌中的这对五星上将又红又艳，就好像两个赤色的火球一般。陶吉看着王胖子得意扬扬地离开，再也坐不住了，他吩咐几个伙计看店，然后开着自己的奥拓车，直奔歇马山而去。

陶念祖把文玩店交给儿子后，就住进了歇马山下的别墅养老。老爷子闲不住，竟在别墅的院子里种下了一百棵小核桃树。陶吉走进别墅的客厅，刚叫了一声爹，坐在椅子上看《核桃嫁接》的陶念祖便把眼睛一瞪，道："你小子上门，准没好事！"

陶吉吞吞吐吐地把生意上受到打压的事儿讲了一遍，然后说道："我准备参加文玩协会举办的金核桃大赛！"

陶念祖"哼"了一声说道："你知道今年金核桃大赛的夺冠热门是什么吗？"陶吉整天想着赚钱，关于大赛的消息，他知道的并不多。

今年金核桃大赛的夺冠有三大热门核桃——天津卫有一对紫纱官帽，陕西出了一对虎威将军膀，而冲冠呼声最高的就是王胖子的五星上将了。

陶念祖这些年也盘了几十对文玩核桃，其中最好的一对是四面虎头，这对虎头根本就比不上今年夺冠的三大热门。

陶吉哼哼唧唧地道："爹，我知道您有一枚六棱顺子，您把它送给我呗！"

六棱顺子据说要六十年才会出现一只，陶念祖手里的那枚六棱顺子还是祖上传给他的，因为配不上对，所以他一直也没有盘。

陶吉张口就要老爷子的命根子，陶念祖"哼"了一声："你想得美！"

陶吉一见他爹不肯帮忙，急得都有撞墙的心了。王胖子真要是得了金核桃大赛的冠军，涿鹿县的媒体跟着一炒作，此消彼长，陶家的文玩店一定得关门大吉。

陶吉眼珠一转，然后变戏法似的从皮包里摸出了一瓶五粮液，说道："爹，这酒可是1982年的陈酿，咱爷儿俩喝几盅儿？"

3.六棱顺子

陶念祖半瓶五粮液下肚后，就"哧溜"一声，从椅子上滑到桌子底下去了。

陶吉把陶念祖抱到了床上，然后从他腰上取下钥匙，打开了保险柜柜门，在一个极为精致的小木盒子里，装的就是那个至今还未盘过的六棱顺子。

这枚核桃共有六个棱，大如鸭梨，上面纹路清晰。其形端庄稳重，果真是百年难得一见的绝品呀。陶吉把这个红木盒子装在皮包里，然后开门上车，直奔虎过山的方向开了过去。

虎过山距离涿鹿县城一百多里，山路崎岖，非常难行。陶吉开着奥拓，最后来到了虎过庄的村口。

虎过庄依山而建，只有一百多户村民，村里的青壮年差不多都到山外打工去了，剩下的人都是一些老人和妇女。就在虎过山的落凤坡上，生长着三棵巨大的老核桃树！

这三棵几百年老树的主人便是孟成山。孟成山家核桃园产的核桃，有一半都是陶家的文玩店帮着销售出去的。陶孟两家，几代人的交情，为了这次金核桃大赛，陶吉这是找孟成山帮忙来了。

陶吉刚走进孟家的院门，就听到孟成山正骂他孙子孟炜没出息。原来去年年底，孟炜在城里处了一个女朋友，两个人谈婚论嫁的时候，女方提出一个要求，那就是要在县城里买楼。

孟成山的儿子孟斌为了筹钱，拿着家里三百多对攒了七八年的麻核桃到广州去卖，可核桃是销出去了，货款却迟迟收不上来。收不回货款，自然没法给孟炜结婚买楼。

孟炜的女朋友一见孟家迟迟不肯买楼，便说要解除婚约，孟炜一急，就跟他爷哭了鼻子……真是来得早不如来得巧，陶吉急忙从皮包里摸出了一张信用卡，然后敲门走了进去，他把卡往桌子上一放，对孟成山说道："我这张卡里有十八万元钱，如果不够，你可以到陶记文玩店里去取！"

陶吉真是及时雨呀。孟成山拉着陶吉的手，激动地说道："陶老板，等我儿子要来了货款，我立刻还你！"

陶吉把手一摆，大方地说道："这钱就不用还了！"

孟成山听陶吉讲完，也愣住了，十八万元，那可是他家那三棵老核桃树四五年的卖果收入呀。陶吉把狐疑的孟成山拉到了一边，然后低声将自己面临的窘境讲了一遍，孟成山听完，对着陶吉一拍胸脯，说道："想叫我帮你什么忙，尽管说！"

陶吉自然是想叫孟成山再种出一枚绝品核桃，然后跟盒子里的六棱顺子配成对。

虎过山只出过两枚六棱顺子，一枚出在乾隆盛世，一枚出在新中国成立那年，这六棱顺子可不是想培育就能培育出来的。

孟成山看着孙子孟炜着急的样子，又看了银行卡一眼，然后重重地点了点头，道："给我半年的时间，希望我能为你培育出一枚六棱顺子来！"

虎过山培育出的那两枚顺子，都是出在落凤坡上的这片核桃园，当初这片核桃园里共有七棵老核桃树，当年孟家先祖在乾隆盛世的时候，曾经在一棵垂死的百年老树的底下埋了一圈的油肥，这棵垂死的百年老树第二年果然焕发了勃勃生机，结出了第一枚六棱顺子。可是第二年，这棵疯长的老核桃树便枯萎而死了……1949 年，新中国成立，孟成山的父亲在另一棵百年老核桃树的树根上使用了油肥后，结出了第二枚六棱顺子，可是老核桃树第二年也枯死了。另外死去的两棵老核桃树，也被香肥催长过，却没有六棱顺子再出现！……

油肥是以香油油胚为基料，再加上七八种矿物质的高效肥，然后合在一起，放在大缸中沤制十多年而成。

只要核桃树使用上了香肥，当年核桃树绝对会疯长，可是第二年疯长的核桃树树力使尽，一定会枯死。香肥即是催命肥。

老核桃树死后，树根方圆三丈之内就不能再栽种新的核桃树了，即使种上新的核桃树，新树结的核桃也不具备卖相——换句话说，新树结的核桃全都是等外品。这就是落凤坡的核桃树越来越少的原因。

孟成山为了孙子，在落凤坡最老的一棵核桃树下，忍痛埋下了香肥，一过开春，那棵核桃树便开始疯长，两个月后，绿茵茵的树叶中，果然结出了一个个乒乓球大小的青核桃。

孟炜用陶吉给的钱，在涿鹿县买了个新楼，还未等装修，孟斌在广州给家里打了个电话，他在电话里告诉孟成山，他已经找到了欠他核桃款的黑心老板，如果那个老板再不给钱，他可就跟那个黑心的老板鱼死网破了！

钱要不回来可以再赚，但儿子想要杀人，孟成山怎么肯答应，孟成山把照顾核桃园的事交给了孙子孟炜，然后买了张火车票，便直奔广州而去。

4.真正目的

孟斌挥刀砍杀那个欠款不还的老板时，警察将他抓了起来。最后孟斌被关到了拘留所。

孟成山在广州租了间房子，花高价雇了一个最好的律师帮儿子打官司。四个月后，孟斌才被放了出来。孟斌走出拘留所那天，孟成山在饭店订了一桌酒席，亲自给儿子接风洗尘。

孟家爷儿俩刚要端杯，就听大堂的电视里传出了金核桃大赛主持人的声音——各位观众，第六次金核桃大赛经过激烈的角逐，最后评委团一致裁定，来自涿鹿县的陶念祖先生获得了一等奖。他参赛的文玩核桃是六棱大顺。

孟成山听到自己培育的六棱大顺夺得了金核桃比赛的冠军，高兴得也是连声叫好，可是再往下看，老爷子却“腾”地一下站了起来，大赛的第二名就是王胖子的五星上将，王胖子在电视上，竟然管陶念祖叫师兄。

陶吉在找孟成山寻求帮忙的时候，曾说王胖子在生意上打压他，现在看来，根本不是那么回事，陶家父子和王胖子是一伙的，上当受骗的是他孟成山。

金核桃大赛结束，六棱顺子核桃被拍卖，竟然卖出了一百二十万元的天价。

孟成山自毁了一棵最老的核桃树，并为人家傻呵呵地种出了一枚六棱顺子，他真的是瞎眼了，那陶家父子没有一个是好东西。

孟成山领着儿子坐火车回到涿鹿县的时候，已经是第二天下午了。孟成山气呼呼地来到了陶家文玩店，陶吉和他爹陶念祖根本就不在店里，孟成山给陶家爷儿俩打手机，可是提示音却不在服务区，很显然，陶家父子是躲了出去。

孟成山越想越气，抡起拐杖“咔”的一声，便把陶家文玩店的招牌砸了下来。孟成山领着儿子回到虎过山落凤坡的时候，往自己的核桃园一看，当时就愣住了，只见一群人喊着号子正猛砍自家那两棵老核桃树呢……

孟成山气喘吁吁地跑到自家的核桃园，抬头一看，那砍树的罪魁祸首果然是陶念祖。孟成山一把抓住了陶念祖的脖领子，叫道：“陶念祖，你叫陶吉骗了我一枚六棱顺子也就罢了，竟然又领人来毁我的核桃园，我……我跟你拼了！”

陶念祖笑道：“我骗你核桃，砍你核桃树这都是在帮你呀！”

孟炜一听争吵声，急忙跑了过来，大声地叫道：“你们真的误会陶先生了！”

虎过山便是涿鹿县文玩核桃的主产区，因为这几百年间，所有的野生核桃树全都是在自然繁殖，粗放管理，所以核桃的品质越来越退化。陶念祖为了使本县的文玩核桃重振雄威，这几年可没闲着。他不惜重金，四处收购优良的野生核桃苗。经过他的繁育和嫁接，一种可以在种过核桃的地方栽种的新品种，终于被培植成功了。

孟炜随手递过来一棵准备栽种到地里的核桃苗。看着这株紫黑色、又粗又壮的核桃苗，孟成山狐疑地道："你没骗我吧？"

陶念祖跟孟成山说过很多次，叫他砍倒品质退化的老核桃树。虽然本地的野核桃种在落凤坡上不成，但没准儿外地的新品种就成。

不管成不成，那新种的核桃树，至少有五六年的空果期，现在的形势是陶炜要结婚、要买楼，这些钱全都得靠山上的老核桃树出。孟成山瞻前顾后，真是舍不得……

陶吉小富即安，根本不思进取，陶念祖为了收拾这个不争气的儿子，便找到自己的师弟王胖子，叫他在旧街上开了一家店，故意挤兑陶吉。陶吉感觉到压力后，这才找到了孟成山……孟成山用香肥催树，终于培育出了一枚六棱顺子，老天保佑，这枚六棱顺子竟然和陶念祖手中的那枚六棱顺子配成了一对。

为了盘出这对六棱顺子，陶念祖竟雇了六个人日夜不停地用手盘磨，两个月后，这对六棱顺子终有小成了。

金核桃大会结束，这对六棱顺子竟卖出一百二十万元的高价。有了这笔钱垫底，孟成山也可以好好打理这片新核桃园了！

外面的天，真的很大。故步自封，只能成为井底之蛙，望着新种下去的优质核桃苗，孟远山和陶念祖的四只手，牢牢地握在了一起！

草船借箭

1.接下一个厂子

吴成刚是葫芦岛市的民营企业家，他这十几年，先是开铸造厂，接着干蔬菜贩运公司，然后做酒店洗漱用品的经理，总之什么来钱快干什么。

可是他干的这些买卖，技术附加值都不高，大家一看吴成刚赚钱，便一窝蜂而上，吴成刚眼看着赚钱的空间越来越小，急忙找到了自己的好朋友李子斌。李子斌在市工商联当会长。

李子斌听完吴成刚想要转行的意思，他怂恿地说道：“你还是开厂子吧，赵大头这几年干实业不就发财了吗？”

赵大头和吴成刚从小一起长大，可是自打上小学起，赵大头就开始欺负吴成刚。特别是吴成刚刚创业的时候，他和赵大头一起，开的都是铸造厂，可是他却竞争不过赵大头，最终自己的厂子被赵大头给兼并了。吴成刚这些年咬着牙努力赚钱，就是想超过赵大头，然后报当年的一箭之仇。

可是赵大头现在已经是本城的首富了。经过这些年的奋斗，现在他的名下已经有六七个厂子了。其中的滨城机床厂，效益最好，还曾被本市的工商联评为明星企业。

关于开厂子，李子斌还真有一条好路子!

葫芦岛市外，有一座影壁山，山下有一个宏宇铸造厂。这个厂子的老板最近要移民加拿大，想低价把这个厂子转手。

这个厂子不仅铸造的设备齐全，而且他们和南方的几家企业，签署了不少的订单。如果吴成刚有兴趣，李子斌可以帮着他联系银行，申请贷款，将宏宇铸造厂买下来。

吴成刚兴奋得“嗖”地一下从椅子上站了起来，说道：“我以前干过铸造，如果银行肯给我贷款，这个厂子我接了！”

李子斌这个工商联的会长可不是白当的，半个月后，一切估价、贷款和过户的手续都办妥了，吴成刚就成了宏宇铸造厂的厂长。

宏宇铸造厂背后的影壁山上还有一个小型的炼铁厂。这个炼铁厂也是宏宇铸造厂的附属企业，炼铁厂在山上开采出铁矿石，然后炼制出成品的铁来，这些铁块子作为铸造厂的原料，便会直接送到山下的宏宇铸造厂。宏宇铸造厂的工人会用熔炉，将炼铁厂送来的铁块子熔化，熔化后的铁水通过模具，变成铸件，这些铸件再通过技师的精心打磨，最后就变成成品了。

吴成刚接手宏宇铸造厂后，干得很顺利。十天后，吴成刚的手机响了，电话是李子斌打来的。

李子斌最近到南方开会，他遇到了一个急需铸件的牛老板，他已经把吴成刚的情况介绍给了对方。如果吴成刚能抓住这个机会，宏宇铸造厂发展壮大便指日可待了。

果然三天后，李子斌介绍的这位牛老板坐飞机从南方飞过来了，他来到吴成刚的宏宇铸造厂后，吴成刚自然盛情接待，就在接风宴上，牛老板的秘书从皮包里拿出了一份图纸。

看罢这张图纸，吴成刚一下子愣住了!

2.先挖人再弄铁

牛老板是一家机床厂的老板，他们厂和南非的客商签署了一份机床加工的合同，可是这批机床的底盘不仅尺寸巨大，而且铸造工艺复杂，当地的铸造厂根本无法完成任务。吴成刚手拿图纸，迟疑着说道："想要加工这批机床的底盘，除非把我们现有的铸造设备升级换代！"

牛老板倒也爽快，他大笔一挥，便给吴成刚开出了三十万元的升级资金。

牛老板临走前，告诉吴成刚，这三十万元启动资金，将来是要在货款里扣除的。如果吴成刚能保质保量将机床的底盘铸造出来，那么这笔订单完成后，他就会和吴成刚长期合作了。

吴成刚为了加工这批巨大的铸件，急忙对现有的设备进行了升级和改造。可是刚一试产就出了问题，新铸的机床底盘，不是有缺损，便是里面有气泡，这样的铸件，别说通不过牛老板的质检，就是吴成刚这关都过不去。

吴成刚急忙给李子斌打电话，李子斌说道："我好像听说过，咱们市还真有一个铸造界的高人，他叫、他叫廖长林！"

吴成刚认识廖长林，当年他开铸造厂的时候，廖长林就是他手下的技术科长。只不过赵大头兼并了他的铸造厂后，廖长林就给赵大头干了。

现在廖长林是赵大头滨城机床厂的副总工程师，一个月拿着撑不着、也饿不死的五千块工资。

吴成刚当天晚上就备足了礼物，开车来到了廖长林的家。他和廖长林一讲高薪聘请他的要求，廖长林却把脑袋晃成了拨浪鼓。

廖长林现在正在给儿子攒钱买楼呢，这时候他怎么敢跳槽？赵大头虽然给他的工资不多，可是滨城机床厂欣欣向荣，至少不会倒闭。吴成刚的铸造厂却刚刚起步，一旦有个风吹草动，却是前途未卜，要是垮掉了……他可不敢冒这个险。

吴成刚可是天生的牛脾气，廖长林越是不答应跳槽，他越是对廖长林紧追不舍。赵大头在社会上的耳目众多，廖长林和吴成刚混在一起的消息，很快地便传到了他的耳朵里。

赵大头把廖长林找来，一问情况，廖长林连喊冤枉，他一直在滨城机床厂忠心耿耿地工作，他怎么敢暗中帮助吴成刚呀。

赵大头根本就不信廖长林辩解，他将一份房产证的复印件摔在了廖长林的面前，廖长林一见这份复印件，当时就傻了，那份房产证上写的竟是他儿子的名字。

吴成刚真的是太下本钱了，他竟暗中领着廖长林的儿子四处看楼，并为他儿子买了一套价值三十万元的房子。

廖长林再想解释，已经没用了，他只好写了一封辞职信，然后悻悻地回到了家里。

吴成刚正满面笑容地在廖长林家等他呢。廖长林摇头叹气，连声说道："吴老板，你可害苦我了！"

吴成刚正色地说道："廖工，我今天正式聘请您，一个月给您一万的高薪，只要您解决了铸造厂面临的难题，我还有重奖！"

廖长林告诉吴成刚，那些缺损和气泡的毛病看似复杂，其实是由于模具过大引起的，滚烫的铁水注入这些巨大的模具后，自然会发生冷却，铁水冷却之前，未及充满模具，便会发生铸件残缺和里面有气泡的毛病。

廖长林在模具上设计了一套加热装置，这样铁水注进滚烫的模具，未及冷却，便会充满模具，工艺改造后铸造出来的机床底盘，不仅全部合格，而且质量还超过了牛厂长的要求。

随着一个个巨大的机床底座被铸造出来，山里炼铁厂的炼铁能力有限，原料竟供应不上了。

现在的钢铁市场不断涨价，如果从外地购买铸造的铁料，这批活别说赚钱，不赔钱就不错了！

吴成刚愁得都快撞墙了，这天他跟廖长林一说情况，廖长林嘿嘿一笑道："我倒有一个办法！"

3.草船借了谁的箭

赵大头的滨海机床厂中就有大量的废铁。赵大头加工机床十几年，一旦有了废品，他都是将其丢弃在厂后的空地上，要是能将那些废弃的机床买过来，宏宇铸造厂至少两三年不用愁无米下锅了。

吴成刚听廖长林讲完话，却连连摇头。他和赵大头自小就是冤家，再说前几天他刚挖了赵大头的墙脚，以赵大头的性格，滨海机床厂的废机床，即使是丢海里，他吴成刚也休想染指。

吴成刚最后又想起了李子斌。李子斌在电话里听完吴成刚的想法，他沉吟了一会儿，说道："目前还真有个购买赵大头废机床的机会！"

滨海机床厂目前正在申报省优企业，其中厂容厂貌也是评级的一个标准，李子斌可以借着到滨海机床厂检查工作的时候，敦促赵大头卖掉堆在厂后的废弃机床，以免影响观瞻。至于吴成刚是雇人收购，还是自己收购这批废机床，李子斌可就管不了了。

果然经过李子斌的努力，赵大头同意卖掉厂后堆积的废机床，吴成刚通过朋友开的废品收购站，将这批价值几百万元的废旧机床全部吃下了。当然，这笔钱还是李子斌帮吴成刚贷的款。

有了原料，技术再过关，铸造机床的底盘就变得很容易了，经过三个多月的奋战，一千多个机床的底盘被吴成刚铸造成功了！

牛老板接到吴成刚完工的电话，他又一次来到宏宇制造厂，并亲自验货，他对这批加工精细的机床底盘连竖大拇指。牛老板结清了全部货款后，十几辆卡车和吊车就开进了宏宇铸造厂，开始了装车和运输。

吴成刚为了庆祝两个人的合作成功，他拉着牛老板来到了帝豪大酒店，这场庆功宴吃下来，时间已经到了晚上八点钟。

晚上九点多的时候，吴成刚坐车回到了厂里，他四下一望，不由得当时就愣住了，几个小时不在厂子里，那堆成了小山的机床底盘，竟被十几辆大卡车运得不剩啥了。

看着一辆装着机床底盘的卡车开过来，吴成刚忽然手一伸，大叫道："站住！"

那个开车的司机还以为发生了什么情况，他停车问道："吴厂长，您有事吗？"

吴成刚叫道："如果我没记错的话，这批机床的底盘，你拉的是第一车，给牛老板往南方运货，你怎么能这么快就回来拉第二车？你快说，那些机床的底盘都被你卸到哪里去了？"

两个人僵持了半个多小时，那个司机也不肯说实话，最后司机只得打电话给牛老板求助。晚上十点多的时候，牛老板领着一个人坐车来到了宏宇铸造厂的门口。

这个人竟是赵大头。吴成刚本以为自己是借了赵大头的人力和物力，谁曾想，最后借去了自己"箭"的人，竟是赵大头。

牛老板背后的雇主是赵大头，其实这一切都是赵大头安排的。吴成刚当初和赵大头搞竞争，最后被赵大头兼并了厂子不假，可是赵大头经过这些年的商场历练，他深深地明白了一个道理，那就是一枝独秀不为林，万花绽放才是春。

赵大头为了拉做公司不顺的吴成刚一把，找到李子斌，通过李子斌的巧妙安排，赵大头又找到本市的银行行长，吴成刚的铸造厂才得以顺利开业。

“开除”廖长林，低价卖原料给吴成刚，都是赵大头在暗中帮助吴成刚呢。

吴成刚听牛老板和廖长林讲完了事情的经过，他望着一脸笑意的赵大头，竟不知道说什么好了！

赵大头伸出双手，牢牢地握住了吴成刚的两条胳膊，他深情地说道：“吴老弟，草船借箭的时代早已经过去了，我们还是抬头往前看吧，想想以后如何联手开厂子‘造箭’吧！”

吴成刚点了点头，不知道什么原因，他的眼角竟忽然湿润了起来。

谛听兽的秘密

1.谛听兽的耳朵

大凉山盛产雪浪石，这种石头虽非白玉，可是却有美玉的光泽。当今天子正在修缮皇宫，需要大量的雪浪石做建筑材料，为了完成任务，凉州府派到大凉山的石工，几乎是没日没夜地开采。

大凉山地形地貌复杂，这里更是地震的多发之地。石工们为了祈求平安，十多年前，就在大凉山的山坳间自费修了一座地藏寺，地藏寺里供奉的就是地藏王菩萨。

石工的督管肖六，为了祈求平安，每逢初一十五，都到地藏寺上香。肖六每次拜完菩萨，就会直接去偏殿，给那个蹲伏在偏殿中的谛听兽献上供品。

谛听兽就是地藏王菩萨的坐骑，它的耳朵可以聆五洲善恶，听地下祸端。如果大凉山闹地震，它第一个知道。

今天是初一，寺内的小和尚打开偏殿上的铜锁，刚领着肖六走进偏殿，肖六一眼就瞧见谛听兽的两个石头耳朵落到了地上。惊得他一声大叫：“不好，又要闹地震了！”

八年前，谛听兽的两只石头耳朵突然掉落于地，到庙内烧香的百姓们觉得这是神兽示警，一定会有灾祸发生，大家就纷纷躲到了平坦宽阔之地。果然未出三天，大凉山方圆五百里之内，突发一场大地震。那次地震虽然山摇地动，来势汹汹，可是因为老百姓规避及时，纵使房倒屋塌，伤亡却是寥寥。

以后，谛听兽的耳朵又掉过两次，老百姓听到神兽耳朵落地的消息，又纷纷离家避灾，可是这两次大凉山却没有发生地震。

地藏寺的主持三苦和尚听到徒弟的禀报，急急忙忙地来到了偏殿，他拾起了那两个谛听兽的石头耳朵，面带忧色地对肖六说道：“前几年，谛听兽的耳朵无端落地两次，外面就疯传起了地震的谣言，结果地震没有发生，肖督管，这次谛听兽的耳朵无端落地，恐怕是意外呢？”

肖六脸色凝重地道：“不管是不是意外，我们都宁可信其有，不可信其无，毕竟人的命只有一次！”

三苦老和尚一听肖六要去府衙禀报消息，提醒肖六道：“肖督管，您一定要慎重！”

肖六出了地藏寺，骑马一路急行，中午时分赶到了凉州府。肖六找到知府牛千禄，把谛听兽耳朵落地的消息一说，牛千禄却皱着眉头说道：“地震，这不可能吧？”

凉州府的百姓，再加上在大凉山采石的石工，那可是几万条活生生的性命。肖六着急地叫道："牛大人，人命大如天呀！"

牛千禄摇了摇脑袋说道："当今天子正在修缮皇宫，需要的石料还差一半没有完成，一旦因为地震的谣言而耽误了皇宫的工期，你我的脑袋都将不保！"

牛千禄为了慎重起见，和肖六一起骑马出城，他们沿着崎岖的山路绕过险峻难行的鹰嘴岩，这才来到了地藏寺。牛千禄看过那两个掉下来的谛听兽耳朵，皱眉说道："这两只石耳朵底下，怎么有胶水的痕迹？"

八年前，谛听兽的耳朵无端落地，成功地预报了地震的灾难后，三苦老和尚就找来树胶，将两只石耳朵又粘回谛听兽的脑袋上。牛千禄"呵呵"大笑道："毛病就出在这里——那树胶日久风化，失去黏性，谛听兽的耳朵自然就落地了！"

听完牛千禄的分析，肖六却是一脸怀疑的神色。牛千禄重声道："地震的消息一旦传出，势必引起民众的恐慌，凉州城人心不稳，朝廷必定见责，到那时，你们两个还有性命吗？"

肖六和三苦和尚急忙保证不再传谣。牛千禄这才满意地点了点头，说道："我要去地藏王菩萨面前烧一炷香，就让菩萨保佑我们凉州城的百姓平平安安吧！"

2.最恐怖的声音

肖六和三苦和尚陪着牛千禄来到前殿，牛千禄刚烧了三炷香，就见那个管偏殿的小和尚气喘吁吁地跑了进来。还没等三苦和尚斥责徒弟无礼，小和尚却哆嗦着嘴唇说道："师傅，师傅不好了，谛听兽的耳朵孔里流血了！……”

谛听兽只是一只石兽，它的耳朵孔里怎么能流血呢？三个人急匆匆地赶到偏殿，定睛一瞧，就见谛听兽手指粗细的耳朵眼儿里，果然在往外流淌着鲜红的血液。

肖六结结巴巴地说道：“牛大人，莫非真的要发生地震了？”

牛千禄眼睛一瞪，吼道：“肖六，你身为石工的督管，怎么也敢随便散布这蛊惑人心的话？”

肖六被牛千禄劈头一顿训斥，当时就成了没嘴的闷葫芦。牛千禄望着诡异的谛听兽，叫道：“如果这只谛听兽真能预示地震，那么前两次的虚报又是怎么回事？这种诡异的东西留在寺内纯属是祸害，来人，将它给本大人毁掉！”

牛千禄身后的十多名差人听到命令，虽然心中胆怯，可是谁敢违逆牛千禄的官威？最后，差役们抡起刀枪棍棒“砰砰”一顿乱砸，那尊谛听兽就变成了一地的碎石头。

牛千禄望着一地的石头，脸上刚刚露出得意的笑容，就听鹰嘴岩的方向传来“轰隆”一声巨响，随即寺内的地面就好像发疟疾似的一阵抖动。也不知道是谁喊了一嗓子——“地震了——。”

吓得屋子里的十几个人夺门而逃，趴到了院外的空地上，抱着脑袋一动也不敢动。

过了好一会儿，牛千禄才回过神来，他脸色铁青地从地上站起，对着手下人吼道：“快去看看，这是怎么回事？”

几名腿快的差人急忙跑出寺外去探听情况，过了一会儿，他们一脸惊慌地跑了回来，道：“大人，不好了，鹰嘴岩被震塌了！”

肖六手下的石工今天就在鹰嘴岩不远处采石，晚上收工的时候，他们装药放了一炮，不想这威力巨大的一炮竟然震塌了鹰嘴岩。

鹰嘴岩是地藏寺连同外面的咽喉要路，如今鹰嘴岩坍塌，牛千禄和肖六这些人就只能被困在寺里了。

牛千禄听完情况，气得一拍桌子，对肖六叫道：“明天一早，赶快派人清理塞路的乱石，真要耽误了本大人的公务，肖六你吃不了兜着走！”

三苦和尚一见牛千禄要夜宿地藏寺，急忙把自己的方丈室收拾了出来。方丈室虽然陈设并不精致，却很干净，牛千禄折腾了一天，真的困倦了，他倒在竹床上，脑袋刚一挨床头的竹筒凉枕，就发出了均匀的鼾声。

牛千禄刚睡了能有半个时辰，忽然翻身坐起，惊叫一声道：“鬼，有鬼！”

三苦和尚与肖六住在方丈室旁边的屋子里，听到牛千禄的呼救声，两个人急忙推门闯了进来，肖六叫道：“牛大人，鬼在哪里？”

牛千禄抹去了额头的冷汗，颤抖着声音说道：“我梦见了谛听兽，我听到了它‘吱咯，吱咯’磨牙的声音！”

三苦和尚听完，合掌道：“自古邪不胜正，牛大人您还是心中默念佛号，早些安息吧！”

三苦和尚和肖六退了出去，牛千禄稳了半天的心神，这才把脑袋又倒在了竹筒枕头上，可是他刚倒下没有半炷香的时间，又“嗖”地从竹床上跳了下来，惊慌失措地指着竹枕头大叫道：“鬼，有鬼，那竹筒枕头中真的有鬼呀！”

3.传信凉州城

三苦和尚再次闯进了方丈室，他连连摆手，叫道：“牛大人，您误会了，那竹筒枕头是我特制的凉枕，里面怎么可能有鬼呢？”

牛千禄赤着脚站在地上，指着床上的竹枕头对手下的差役命令道：“赶快把竹枕头砍开，看看里面究竟有没有鬼！”

两名胆大的差役手持单刀凑到竹床前，手起刀落，“咔嚓”一声，竹枕头就被砍成了两半，随着竹枕头被砍成两半，一股山风忽地从竹枕下面的竹管中吹了出来。

三苦和尚的竹床下是一片石地，石地上面裂着一个深深的石缝。三苦和尚为了凉快，就把十几根三丈多长的毛竹打通竹节连到一起，然后下到了石缝之中。地底的山风凉气沿着毛竹传到了床上的竹筒枕头上。枕着竹筒枕头睡觉，夏天真是清凉无比。

可是毛竹筒传输凉气的时候，竟把地底下的声音也传了上来。因为地下岩层在微微地活动，石头啮石头，竟发出了一种恶鬼磨牙般的声音。

肖六诧异地凑到竹床旁，他将耳朵凑到那个竹筒上，刚听了一会儿，就惊慌失措地叫道：“牛大人，我真的听到鬼磨牙的声音了，您说，这是怎么回事？”

地底下的岩层活动激烈，这就是地震的先兆呀。牛千禄也怕死，他第一个逃离方丈室，站到了院子里。牛千禄的老婆孩子现在都在府衙里睡大觉呢，真的发生地震，他们焉有命在？牛千禄急得团团转，最后，他一把抓住了三苦和尚的手，叫道："三苦大师，您赶快想个办法，救一救凉州府的几万条人命呀！"

现在鹰嘴岩坍塌阻路，庙里的和尚又没有长翅膀，三苦和尚怎么能给州府的百姓报信呢？

牛千禄想着地震后自己家人血肉模糊的样子，心里一急，竟"扑通"一声跪倒在三苦和尚面前，道："三苦大师，您一定要想个拯救全县苍生的办法呀！"

三苦和尚被逼到最后，一跺脚，叫道："牛大人，您赶快写一个叫全县百姓尽快躲灾的书信，然后盖上官印，我负责把这封书信送到凉州府！"

三苦和尚一摆手，领着弟子去扎孔明灯了，小和尚们找来一块白布床单，牛千禄提起笔来，在床单上写了一封叫全县百姓紧急避灾的书信，然后在底下盖上了自己的官印。

牛千禄写完书信，三苦和尚的孔明灯也扎完了，这只孔明灯竟被扎成了一只谛听兽的模样，随着谛听兽身下的煤油桶被点燃，谛听兽在热气的作用下冉冉升了起来。众人七手八脚地将那幅写在白布单子上的书信挂到了孔明灯下。

孔明灯升到空中，随着北风，直向凉州城的方向飘了过去……一场百年罕见的大地震就在黎明前爆发了。

凉州城的百姓因为得到了地震的消息，经过坚壁清野，转移财物，不仅人没有几个受伤死亡，灾害的损失也被降到了最低。

鹰嘴岩经过小和尚们三天的清理，终于能走人了。牛千禄看着凉州城的房子几乎都成了废墟，心情沉重的同时，也不由得暗念了几句阿弥陀佛。

牛千禄这次不仅将地震灾害降到了最低，在凉州重建的过程中更是亲力亲为，一年后，朝廷下旨，他荣任为道台。牛千禄去省城上任途中，路过一片黑松林，他忽然在随风晃动的树枝上发现了那盏谛听兽形状的孔明灯的灯架。灯下悬挂的白布帘子早已经被雨淋得看不出模样了。

这盏孔明灯根本没有飘落凉州城，凉州城的百姓怎么知道地震消息的呢？

其实三苦和尚这些年就一直在苦寻准确预报地震的方法，他受谛听兽的启示，终于发明了地震竹枕。八年前，他通过地震竹枕探听到地下活动激烈，就感觉要发生地震，为了引起人们的注意，他就拿着锤子，暗中砸掉了谛听的耳朵……虽然第一次预测地震准确成功，可是后来他接连两次预报地震却失败了。

三苦和尚觉得不对，经过和肖六的分析，他们最后一致认定，虽然后两次地震没有发生，很有可能是地底下的岩石在积蓄力量的缘故，一场更大的地震绝对不可避免。随着今年地底下岩层的激烈活动，三苦和尚明显地感到一场大地震即将发生。为了叫老百姓们躲过这场浩劫，他第四次砸掉谛听兽的耳朵，然后叫小和尚在谛听兽的耳朵眼儿里又抹上了自己的血液……

可是牛千禄为自己的官帽子打算，宁肯不信地震的消息。三苦和尚就和肖六定计，将牛千禄骗到了地藏寺，肖六的手下一边用火药炸塌了鹰嘴岩，一边紧急通知镇子里的百姓地震的消息，叫大家紧急撤离。

牛千禄被困地藏寺，最后确定地震，再借用孔明灯给百姓们报信，这只是三苦和尚和肖六自救的一种手段。不然的话，牛千禄得知二人擅自通知百姓们撤离的消息，一旦地震没有发生，牛千禄还不得抓他们呀。

牛千禄明白了事情的真相，跳下马来，对着地藏寺的方向，双膝一软跪在了地上，他哆嗦着嘴唇说道："很简单的事情，变得这么复杂，我……我这个父母官当得不合格呀！"

不平常的战国头盔

1.买椟还珠

陕西遍地都是宝贝。魏城县有一个古玩贩子，此人姓黑，圈里人都管他叫黑六。黑六原来是黄土塬乡的农民，因为心脏不太好，干不动农活儿，为了养家糊口，就干起了倒腾文物的生意。黑六玩了几年文物，也算发了一点儿小财，这一来二去，就在魏城县小有名气了。

这天黑六接到了一个电话，打电话的人名叫孙猴子，孙猴子是个掮客，他在电话里说，荒地村的胡科在西安打工的时候，买回了几面铜镜，问他过来看看不。

铜镜是过去人们的生活必备品，因为存世量大，所以并不珍贵。品相好的也就几千元，品相差一点儿的，还有几百元的呢！

黑六这几天正为收不到东西而恼火，他一听孙猴子的电话，点了点头道："好，两个小时后，你在荒地村村口接我！"

黑六骑着摩托车来到了荒地村。孙猴子正在村口等他。黑六见面第一句话就问道："胡科手里的货，来路正不正？"

孙猴子一米六的个子，一身精瘦，他急忙说道："黑大哥，您放心，他也是买来的，如果来路不正，我哪敢找您呀！"

黑六和孙猴子来到了胡科家，胡家是三间老瓦房，瓦脊上还生长着不少荒草。两个人刚来到院门外，就听堂屋里传来了胡科老婆骂人的声音："你出外打工一年，不拿钱回家，却带回这几面破铜镜……这日子，我算是跟你过到头了！"

孙猴子一敲门，胡科老婆怒气冲冲地把门打开，这婆娘一脸的横肉，她用母猪眼一瞪孙猴子，道："孙猴子，你一大早敲门干啥？"

孙猴子用手往黑六身上一指，说道："城里的黑老板，他听说胡哥带回了几样好东西，特意过来看看！……"

垂头丧气的胡科一听，急忙跑了出来，道："黑老板，您快请，我从西安带回的青铜镜，可个顶个都是宝贝呀！"

黑六坐在胡家堂屋的椅子上，瞧着胡科从西安带回的三面铜镜，不由得暗皱眉头。这三面铜镜别看表面锈迹斑斑，可是暗藏玄机，只有分量最轻的那块天师作法镜是真的。龙纹虎鼻镜和玉虚青云镜绝对是高仿品。三块铜镜，一共花了胡科九千多，黑六收这块天师作法镜最多四千元，看来这次胡科是亏大了！

胡科的老婆见黑六的神色踌躇，在一旁问道："黑老板，这三块铜镜都是假货吧？"

黑六龇牙一笑道："胡先生好眼力呀！"黑六的意思是一面

铜镜加一千，他要一万二收购这三面铜镜！

胡科的老婆一听有钱赚，兴奋地道："黑老板，您真是我们家老胡的大贵人，我这就炒几个菜，您喝几杯再回城吧！"

黑六一摆手，拒绝道："喝酒咱改日吧！"他背手在堂屋里走了一圈，道，"其实这三面铜镜也没有啥赚头，我得瞧瞧你们家还有啥好东西，怎么也得搭给我一个！"

胡科听黑六讲完，大方地说道："黑老板，这屋子里的东西你随便挑……可我就怕您看不上眼呀！"

黑六转了一圈，最后蹲到了东墙边的黑木柜子前，一伸手，在柜子底下抓出了一个黑乎乎的家伙来，黑六攥着这个黑家伙顶上的尖头，说道："就是它了！"

这是一顶青铜头盔。这还是两年前，胡科的儿子从野地里捡来的。胡科发现柜子底下有个老鼠洞，就把盔枪插到了老鼠洞里，就这样，青铜头盔便成了堵鼠塞洞的工具。

胡科倒也大方，这顶黑乎乎的头盔，就搭给了黑六。

黑六服用了几粒速效救心丹，然后和孙猴子走出了胡家，孙猴子献媚地说道："黑老板，这次买卖咋样？"

黑六摸出了那三面铜镜，说道："看你也挺辛苦的，这三面铜镜就送给你吧！"

孙猴子手拿铜镜琢磨了半天，他这才明白，那顶青铜的头盔，才是真正值银子的好东西呀！

2.真假难辨

张天翼可是魏城有名的文物玩家，听说黑六得宝了，他急忙来到了黑六家。张天翼瞧着黑六放在桌子上的那顶头盔，当时眼睛就冒出了绿光。这顶头盔原本黑不溜秋，挂满了尘土和污渍，可是经过黑六的清洗，这才露出了青铜端庄典雅的本色。

青铜头盔造型古朴，稳重大方，额头是一只饕餮兽的图案，头盔的侧壁各有几道龙纹，盔后镌有四条蟠龙，盔顶还竖着一个威武的盔枪。将头盔翻过来，在头盔里面，镌有“狄工”两个字——这顶头盔应该是战国时代的文物。

张天翼“吧嗒”了几下嘴说道：“黑老弟，啥价？”

黑六伸出了一只巴掌，然后一正一反地一晃——十万元，张天翼咬了咬牙，拿出了两千块的订金，说道：“十万就十万，不过我要请德爷掌下眼！”

德爷可是魏城金石类文物的鉴定行家，因为前年出了车祸，腿脚不便，想请他鉴定文物，只有亲自登门。

黑六点了点头，然后把头盔装到了红木盒子里，两人坐车直奔歇马山庄，在山庄的别墅里，两人见到了德爷。

德爷先从这顶头盔的样式看起，接着才看包浆和锈色，德爷里里外外将这顶头盔看了一遍，然后他瞧着里面“狄工”两个字，纳闷地说道：“根据我的经验，这顶头盔应是真品，可是我怎么瞧它这么别扭呢？”

德爷伸手拿起了头盔，然后就把头盔往脑袋上戴去，可是问题出现了，这顶头盔的盔腔狭窄，德爷的脑袋根本就伸不进去。黑六和张天翼的脑袋都很玲珑，可是他们的脑袋也是戴不进不去呀!

这还用说，这顶头盔就是后人臆造的，完全就是一个西贝货。张天翼伸手抹了两把冷汗，他对黑六一抱拳说道："黑老弟，我那两千块的订金不要了，您还是另寻个下家吧！"

一万两千块就这样打水漂了，黑六心疼得也是直哆嗦，他颤抖着右手，从怀里取出了几粒速效救心丸，急忙丢到了嘴里，然后带着哭腔叫道："打眼了，我他妈的今天才算是打眼了！"

魏城县记者的消息就是灵通，黑六买了一顶战国头盔，因为戴不到脑袋上，最终露馅的消息被登在了《魏城晚报》上。

黑六羞得都不敢出门了。可是没过一个星期，黑六的手机响了。给黑六打电话的还是孙猴子，黑六劈头将他臭骂一顿。孙猴子挨骂了也不生气，他说道："六哥，我在省城呢，省城的牛教授叫你拿着那顶头盔到他这里来一趟！"

牛教授可是古玩鉴定的权威专家，德爷和牛教授比，那就是二锅头和茅台酒呀！黑六为了最后弄明白这顶战国头盔的真伪，坐上火车，直奔省城。

孙猴子几天前拿着那三面铜镜到省城的古玩行去卖，巧遇到了牛教授，牛教授用六千元买下了他那面天师作法镜，然后两个人一攀谈，孙猴子就把黑六打眼的事情说了一遍……这就是牛教授叫黑六来省城的原因。

孙猴子领着黑六见到了牛教授，牛教授满头银发，可是一双眼睛却倍儿亮，他翻开了《史记》战国七雄——齐王篇，说道：“这个头盔确实是战国的头盔呀！”

3.狄王之盔

根据《史记》的记载，齐王有个皇子名叫狄，他十三岁就可以开硬弓，十四的时候，就曾射杀过一只白老虎。可是因为出天花，而少年夭折。狄死后，齐王便封狄为狄王。那个头盔中镌字的并非狄工，而是狄王，王字下边的一小半已经被铜锈腐蚀掉了。

这顶头盔既是齐王太子的，那自然是价值不菲的文物了！

牛教授点了点头道：“这顶头盔至少也值五十万！”黑六听牛教授讲完，只觉得心脏狂跳，随后眼前一黑“咕咚”一声昏倒在地。牛教授也害怕了，孙猴子急叫道：“牛教授，他这是心脏病发作了，您赶快帮我把他扶到椅子上！”

两个人七手八脚地将黑六扶到了椅子上，孙猴子从黑六的衣兜里取出了速效救心丸，然后给他塞进嘴巴里几粒，孙猴子折腾了半天，黑六这才睁开了眼睛。牛教授用数码相机拍了几张这顶战国头盔的照片，然后说道：“这个消息你先别往外传，我仔细研究一下，然后再给你个最后结果！”

黑六千恩万谢，和孙猴子一起回到了魏城，黑六倒是守口如瓶，可是孙猴子的嘴快，没几天，黑六得宝的消息就在魏城传开了。

这天黑六买完菜回家，还未等掏出钥匙开门，就觉得脑袋

“嗡”的一声响，被人一棍子打倒在地。

黑六醒来的时候，后脑勺上黏糊糊的都是鲜血，他家里被翻得一团糟，那顶战国的头盔也已经被人给抢去了。魏城警方接到黑六的报案非常重视，可是查了十几天，却一点儿进展都没有。省城牛教授却给黑六打来了电话，牛教授这些日子可没闲着，他坐车到过去齐国的都城去了一趟，可是调查的结果却令他大失所望——狄王的墓因为年代久远，早已堰平，今年年初的时候一个钻井队打井，这才无意间发现了这座大墓，当地政府经过保护性挖掘，墓中所有的文物一件不缺地进了省博物馆——狄王那个陪葬的青铜小头盔是个宝贝不假，可是它现在就立在省博物馆的陈列室中。黑六的战国头盔跟狄王根本就不挨边，换句话说，黑六手中的货不折不扣就是个赝品。

黑六听完最后的鉴定结果，当时就心脏病发作，住院接受治疗去了。

赝品头盔的来龙去脉搞清后，“战国头盔为假，买家心脏病发作住院”的消息在《魏城晚报》被登了出来——本地两伙以盗窃和贩卖文物为生的犯罪团伙立刻发生了内讧，一场械斗下来，十多个人重伤，三个人横尸街头。魏城的警方紧急出动，将两伙犯罪集团一网打尽，经过突审，这才弄明白他们械斗的原因——一伙罪犯从黑六处抢得战国头盔，然后以三十六万元卖给另外一伙，赝品头盔在《魏城晚报》登出来后，一伙找另一伙要钱，可是另一伙不给，就这样，一场械斗发生了。

黑六病了一场，在医院花了一万多块，他回家后，拿着那个失而复得的战国头盔，只觉得头晕眼花，最后手一哆嗦，“咕咚”一声，头盔摔到了地上，碎成了六七瓣……

黑六颓然地坐到椅子上，这时候，院门被人“吱”的一声推开了，竟是牛教授领着一个戴眼镜的中年人走了进来，这个戴眼镜的中年人是北京来的古文物专家。

黑六看着牛教授，捂着胸口“嗖”的一声从椅子里跳了起来，然后用手往地上一指，说道：“那个战国头盔已经被我给毁掉了，不管你们给我带来了什么消息，都不要跟我说了，我的心脏可架不住这么折腾了！”

那个北京来的专家看着地上被摔烂的战国头盔，痛惜万分地叫道：“好东西，好东西，这可是一个极为少见的盔杯呀！”

盔杯？黑六听那个中年人讲完，也愣住了。那个北京专家走过来，用眼睛瞪着黑六叫道：“你知道吗，你这盔杯可是宝贝呀，现在被你摔烂，可就不值钱了！”

古人饮酒，可比现在隆重得多，那奇形怪状的酒器，更不下几十种，盔杯就是其中的一种，当时风行在军旅之间，这种酒杯有一个好处，那就是一旦拿在手里，不把杯中的酒喝干，绝对放不下手里的杯子。这只杯子的主人姓狄名干，是楚国的一个将军。

盔杯已毁，这可是中国文物界的重大损失！牛教授拿出张早已开好的一百万元的支票，冲着黑六一晃道：“这张支票已经不能给你了，如果你同意，这盔杯的碎片我们拿走，我再给你留下一万块钱！……”

黑六两手捂着耳朵，嘴里连叫着“不要说了”，然后一溜烟儿跑到了外面，他只剩下呼呼喘气的份儿了……黑六看着牛教授领着那个北京专家远去的背影，回头又瞧了一眼院内桌子上放的一万块钱，颓然地坐在了门槛子上。

谁会想到，那个战国的头盔竟然是个盔杯，他一万二买回来，折腾了半天，经过被抢、住院，最后还是亏了呀！

盔杯装酒，拿起酒杯就不可以停下来……这倒腾古玩也上瘾，黑六如果“中毒”太深，停不下来，他的小命一定得搭上。半年后，黑六终于想明白转行了，他开了一家小型煤炭贸易公司，虽说不能发大财，但总算能平平安安地过日子了！

做个威客也幸福

李志禹两只眼睛紧盯着人人威客网的网页，时间正好到了晚上十二点，奥秀西服在人人威客网站上做衣标的任务正式结束。李志禹的神经也一下子兴奋了起来。

果然半个小时后，电脑上弹出了新邮件的提醒框，人人威客网的网管黑勇把一封邮件给他发了过来。

奥秀西服在人人威客网上悬赏开出了制作衣标的任务。佣金是三千块。应征的威客十分踊跃，截止到今天晚上十二点，一共收到了合格的衣标三百八十多套。奥秀西服的厂家早已经介入了衣标的选择和确定，发到李志禹邮箱里的资料就是经过奥秀厂家选择后，入围的三件作品。

这三件衣标虽然是入围的作品，可是厂家并不十分满意，黑勇就把那三个衣标发到了李志禹这里，最后由他加工润色。李志禹打开邮箱，第一个衣标是由汉语拼音“aoxiu”组成的一朵郁金香花；第二个衣标是“奥秀”两个汉字，这两个汉字被设计成了一台老爷车的模样。看到第三个衣标的时候，他不由得哑然失笑，这一定是个女性作者的作品，整个衣标上是一个“X”，只不过这个“X”被设计成两只人手的形状，这个“X”代表着奥秀的秀，而“ a ”字被设计者弄成了一个非常可爱的绿苹果，放到了人的两只手上面。

李志禹瞧着入围的三枚衣标，得出了一个结论，雇主一定是倾向于奥秀拼音或者汉字组合而成的衣标，而第三幅作品之所以入围，就是因为那个可爱的苹果。经过他的修改，最后用“aoxiu”组成了一只老鹰的形状，老鹰的头部就是那个“a”字，o 成了一个绿苹果，嵌在了老鹰的胸口上，这只代表着搏击和进取精神的苹果鹰衣标被奥秀的雇主一眼相中，鼓掌说好。

一千五百块就这样进了李志禹的账户，另一半归了黑勇。李志禹设计的苹果鹰一经公布，人人威客网上也是一片叫好之声。人人威客网的网管为了以示公允，还应那帮粉丝的要求，将李志禹的 QQ 号贴到了网站上，这天晚上，加李志禹 QQ 的小喇叭闪烁不断，李志禹实在抵挡不住，最后竟关闭了 QQ 的提醒功能，凌晨两点的时候，李志禹更新完了自己在新浪网上建的博客，他又打开了 QQ，一个扎着冲天辫的美女头像仍然十分顽固地加着自己。

李志禹刚点了通过，那个美女就立刻通过 QQ 对话框发来了一束火红的玫瑰花，李志禹这个穷大学生还从来没有过被粉丝崇拜的感觉呢。

李志禹来自西部一个偏远的小县城，他要在放暑假的这段时间里，拼命帮黑勇做人人威客网上的任务，他要攒够下学期的学费。那个美女自我介绍是个新手威客，可是她做了十几个任务后，却没有一个创意能被雇主相中。

李志禹安慰了美女几句，并以一个老手的身份，说了一顿新手威客的注意事项。那个美女一会儿发过来一个竖起的大手指，一会儿发来一个跪地崇拜的图标。讲到最后，那个美女为了感谢他，竟邀请李志禹到塞纳河西餐厅吃西餐去。李志禹想着昨天刚进账的一千五百块钱，发过去一个点头的图标，算是愉快地接受了邀请。

李志禹提前一刻钟来到了塞纳河西餐厅，他刚展开一本作为接头暗语的《电子商务世界》杂志，就见靠窗的座位上站起了一个身穿纱裙的姑娘，这个姑娘喜眉笑眼，模样长得特像韩国的女影星张娜拉。

这个姑娘自我介绍名字叫陈燕妮。陈燕妮给李志禹点了一份牛排、一份日式的蟹子寿司，自己则点了一份墨西哥鳄梨酱，然后要了一客比萨饼。

陈燕妮将鳄梨酱抹到比萨饼上，然后一小口一小口地吃，这么古怪的吃法，李志禹还是第一次看到。陈燕妮自我介绍是市服装一条街上的女老板，她刚兑下了一个时装屋，因为现在正在考察男装市场，还有一些闲暇时间，她就跑到人人威客网上，赚点儿外快补贴高额的房租。

陈燕妮的爽快倒把李志禹逗乐了。两个人吃过西餐，陈燕妮从香奈儿皮包里拿出了一份资料，又拿出了一个装着一千元钱的红包，她是想求李志禹给她的时装店起个好听的名字。

陈燕妮拿给李志禹的资料，就是她将要经销的男装资料。在人人威客网站上，给服装店起一个名字佣金能有五百元就是大价了。陈燕妮给了李志禹一千元钱的红包，这绝对是个肥活儿啊。

李志禹想了想说道："给我一个星期的时间吧！"两个人恋恋不舍地分手，李志禹给黑勇发了一封邮件，没过两个小时，一个千元起店名的新任务就出现在人人威客网的首页上。

一个星期后，这项起名的任务一共收到了应征创意五百多条。李志禹打通了陈燕妮的手机，将那五百多条应征创意全部发到了陈燕妮的邮箱里。

陈燕妮经过挑选，最后相中了两条应征的创意店名。他们两人在塞纳河西餐厅见面的时候，李志禹一看那两条被选出来的创意店名，不禁笑了。

这两条创意店名一条是"瘦郎时装秀场"，另一条是"362度装扮ing"（正在进行的意思）。陈燕妮兑下的那个时装屋全部经销男装，可是征集上来的第一个店名虽然直击主题，却没有第二个名字大气，第二个名字虽然有点国际味道，却在细节上输给了第一个店名。

李志禹用手指蘸着咖啡，在餐桌的玻璃板上写上了"瘦郎广度装扮ing"九个字。陈燕妮高兴得一拍巴掌说道："还是你起的这个名字好，有细节，还洋气！"

陈燕妮将红包交给了李志禹，她低头看着桌子上的字，不无担心地说道："你这是借鉴了别人的创意成果，这个名字不会引起什么纠纷吧？”

李志禹脸色一红，说道：“这种事情我又不是第一次做，网管黑勇会把我刚写的店名当作中标作品，然后发到网站上，不过这事儿你可要保密啊！……”

李志禹别看原创不成，可是天生善于总结和拔高，他是个二次创意的高手。陈燕妮给他留下了一张名片，飘溢着幽香的名片上写着重申路5号，那是个高档住宅区，看样子是陈燕妮的家。

李志禹揣着名片回到了学生宿舍。他给人人威客网的网管黑勇的账号里打了五百元钱，然后把陈燕妮的名片贴在自己的胸口上，一觉甜甜地睡到了天亮。

第二天一大早，还没等他睁开眼睛，手机就响了，打电话的是黑勇，黑勇劈头盖脸地就把李志禹臭骂了一顿，原来陈燕妮已经把李志禹剽窃别人的应征创意，然后和人人威客网站的网管对半分钱的事情捅到了互联网上。

人人威客网的竞争对手们把矛头纷纷指向了黑勇，在人人威客网上注册的威客们也纷纷发帖子，谴责和咒骂声汇成了滔滔的洪水，人人威客网的信誉一落千丈，黑勇成了人人喊打的过街老鼠，李志禹这个帮凶也成了各大网站封号的目标。

李志禹气得抄起了手机，拨通了陈燕妮的电话，陈燕妮根本不吱声，任由李志禹发够了脾气，她说道：“本来就是你和黑勇不对嘛，做错事情，就得勇于承担后果啊！”

李志禹一下子没词了，他刚说了声自己对不起黑勇，陈燕妮说道：“黑勇网站被封是他自找的，你不是要赚钱交学费吗，今天晚上到塞纳河西餐厅，我还有任务交给你！”

李志禹戴着墨镜来到了塞纳河西餐厅，看着貌似天仙的陈燕妮，李志禹一肚子的邪火想发却发不出！陈燕妮就好像没发生任何事情一样，她从香奈儿手包里又取出了一个装着一千元钱的红包轻轻地放到了桌子上，说道：“这个任务是我弟弟的！”

陈燕妮的弟弟非常不善于表达，他最近交了一个女朋友，他想求威客高手帮着写五句最能打动姑娘芳心的话，一句话二百元，这个价可是绝对不低啊！

李志禹挠了挠头皮说道：“你这次任务没有包藏什么阴谋诡计吧？”

陈燕妮把红包往李志禹面前一推，嫣然一笑，舞剧《天鹅湖》中的仙子一样转身离开了餐厅。李志禹绞尽脑汁研究了一个星期，终于想好了五句能令姑娘芳心一动的话，他刚把这五句话发到了陈燕妮的手里，他的手机就响了，陈燕妮在电话里说道：“你写的我全不满意，怎么你想出来的话，没有一句能感动我呢？”

李志禹又想了三天，他打通了陈燕妮的电话，说道：“我又想出五句话来，相信你一定满意！”

两人又一次在塞纳河西餐厅见面，李志禹说出了他想出来的第一句话：“你的名下有一个策划公司，可你们公司的业绩却并不突出。”

李志禹见陈燕妮不说话，又接着说出了第二句话：“业绩不突出的原因就是你们公司缺少一个善于总结和拔高各种创意的专门人才！”

陈燕妮为了物色人才，就在威客网站上连连给出了任务。李志禹制作的衣标叫她非常满意，当她得知李志禹的专长后，便突发狠招，令作弊的人人威客网站关门，李志禹也就失业了。李志禹接连讲完了头四句话，变戏法似的一转身，从衣服下面取出了一朵喷着金粉的玫瑰花，说道："第五句话就是——善于归纳和总结的专门人才李志禹向美女老板报到，为了我们共同的事业，我一定要为你粉身碎骨，万死不辞！"

李志禹调查了三天，才知道了陈燕妮的所有计谋和底细，陈燕妮听完，连连摆手，笑道："还是老套！"

李志禹一把将陈燕妮抱在怀里，道："这就不老套了！"说完，他在陈燕妮的嘴唇上亲了一下。陈燕妮"咯咯"地笑着，她用双手搂住李志禹的脖子，两只笑眼里，都是甜甜的醉意……

惊世的骊歌

明英宗正统十一年，瓦剌国的大帅也先率领三万铁骑进犯中原，明英宗朱祈镇在宦官王振的怂恿下，领着五十万明军前去迎敌，没想到奸贼王振作威作福还有一套，带兵打仗那可就是草鸡一个了，两军刚一交战，明兵便溃不成军了，王振被锤击而死，明英宗在土木堡竟成了瓦剌的俘虏。

留守京城的兵部尚书于谦一听明英宗被俘，急忙把明英宗的胞弟朱祈钰推到王位上，当了大明的新皇帝，也先一见捉来的英宗皇帝竟成了废物，气得暴跳如雷。

大明的天子成了瓦剌的俘虏，这毕竟是天朝的奇耻大辱啊，于谦力劝代宗皇帝朱祈钰，无论如何也要把英宗皇帝接回来。朱祈钰迫于群臣的压力，只好点头同意。也先一见机会来了，急忙派使臣因哲来到南京，交给明代宗一封羊皮函卷，函卷上写满了交换英宗皇帝的条件。

也先索要的金银珠宝的数量十分巨大，除了这些东西，还有一批大明皇宫内库中的宝贝。这些东西倒好弄，可却有一样宝贝没处找，那就是顾恺之的《横琴素女图》一卷。

代宗皇帝朱祈钰一看这苛刻的条件，气得把龙书案一拍，指着瓦剌使者因哲的鼻子叫道："顾恺之已死千年，你叫朕上哪里给你弄《横琴素女图》去啊！"

因哲不慌不忙地说道："你们不知道《横琴素女图》的下落，本使者可以提供，如果也先大帅得不到那幅古画，你们的英宗皇帝就别想回来了！"

那幅《横琴素女图》就藏在南京城外的野柳山庄，山庄的主人复姓澹台，单字一个镜字。这个澹台镜可是一个爱画如命的人，也先曾经秘密派人用三千两黄金购买那幅《横琴素女图》，可是澹台镜却不为所动。也先借着英宗被俘的绝佳机会，终于狮子大开口了。

代宗皇帝只好问计于谦，于谦一听也是直皱眉头，这个澹台镜他也听说过，都说他在野柳山庄修了一座藏宝楼，纵然是挚交的好友上门，想看一眼他的藏品也是不可能的。以朝廷的名义强行收买，对这个嗜画如命的铁公鸡恐怕也是行不通——谁又能保证这个澹台镜不会狗急跳墙，用一幅赝品搪塞或者毁了那幅宝画呢？

于谦愁眉不展地回到府里，屁股刚挨到椅子上，就听家人禀报，说席梦平求见，于谦一听大喜过望，自己怎么把这个鉴画的奇人给忘了呢？

别看席梦平黄眼青须，形貌怪异，他可是大明天朝的第一鉴画高手啊，于谦把席梦平让进密室。听于谦把难心事一讲，席梦平哈哈大笑道：“不就是替您讨来那幅《横琴素女图》吗，这点儿小事对我来说简直就是小菜一碟啊！”

席梦平一解释，于谦才明白过来，原来这《横琴素女图》一共是三幅，最先创作这幅画的是三国时代东吴最著名的画家曹不兴。曹不兴驾鹤西去后，他的亲传弟子卫协也画了一幅《横琴素女图》。卫协百年之后，他的弟子顾恺之画了第三幅《横琴素女图》。这三幅《横琴素女图》所画的人物大同小异，署的名字都是曹不兴。这三幅画据说还藏着一桩无人能解的秘密呢。

这三幅《横琴素女图》传到现在，已经分不清哪幅才是画圣顾恺之的作品，更别说参悟其中的秘密了。澹台镜年逾古稀，分清这三幅画的作者始终是他心头一个未了心愿，他曾经不下十几次邀请席梦平，求他为自己解疑，可是席梦平对澹台镜根本就没有好感，对他的要求一口回绝。

澹台镜为了打动席梦平，曾经对他许诺，只要席梦平能帮他把这三幅画的作者分清，他就愿意送其中一幅《横琴素女图》给席梦平。

于谦一听大喜过望。第二天一大早，于谦和席梦平上了马车，领着瓦剌国的使臣因哲，三个人一起来到了城外云梦溪畔的野柳山庄。

澹台镜一听席梦平竟登门给他鉴画来了，赤着两脚，急忙从书房中跑着迎了出来。这澹台镜的胡子和眉毛都已经花白了，一双黑豆般的小眼睛滴溜溜乱转，一看就是个奸猾的市侩之辈。

见礼已毕，澹台镜把三个贵客让到了客厅。从后堂中传来优雅的古琴声，看来这个澹台庄主还真的很会享受。澹台镜吩咐身边的两名小童子，到后面的藏宝楼中，把那三幅《横琴素女图》捧到了客厅中一一展开，挂到了墙上。

这三幅古画画的都是一个内容——一脉修竹，月色隐隐，一个身披轻纱的美女双膝横琴，趺坐在地，对着假山上的一炉檀香，琴声和竹间的清风一起飞扬。

于谦精通诗词，对于书画的鉴定也有一定的造诣，可是他把这三幅古画从头到尾细看了一遍，除了太阳穴隐隐作痛外，他根本就没办法分辨出哪幅画才是顾恺之的真迹啊。没办法，只好归座喝茶去了。

因哲也没想到《横琴素女图》竟会是三幅，也先之所以派他来，就因为他是瓦剌的第一鉴画高手啊！因哲仔仔细细地看了一遍，等他把这三幅画看完，也呆在了古画前，卫协和顾恺之师徒两个人都是在极力模仿曹不兴那种不求形像，而求神似的意境，又加之三个人的画技都是一脉相承，画风高雅古拙，他也是分辨不出哪幅画才是顾恺之的亲笔啊！

因哲一边观画，额头上一边冒冷汗，最后眼睛一花，竟“咕咚”一声，累倒在了地上。澹台镜急忙命小童子把因哲扶坐到了椅子里。

澹台镜望着莫测高深的席梦平，咬了咬牙，说道：“席先生，还得请您出手啊，只要您能帮老夫分得清这三幅画的作者，这三幅画先生任选一幅，老夫绝不食言！”

席梦平听着后庭传来的袅袅的琴声，轻轻一笑，说道："想要鉴画，还得把您府上操琴的琴女请出来，为席某鼓琴一阙，以助锐气。席某定能辨出这三幅画的作者来！"

操琴的琴女被澹台镜唤了出来。她给几个人见过礼，把一张蕉叶古琴放到了琴桌上，轻启朱唇说道："不知道几位先生想听哪首啊？"

席梦平想了想说道："请奏《广陵散》吧！"

琴女点了点头，左手商羊鼓舞势，右手鹰隼捷击势，《广陵散》第一阙——"刺韩"已在蕉叶琴上骤然响起。《广陵散》和《聂政刺韩王》是一个曲目，共分"刺韩""冲冠""发怒""报剑"四段，当琴女弹到第三段"发怒"的时候，席梦平忽然叫道："停！"

客厅中的四个人一下子都愣住了。席梦平放着古画不去鉴定，怎么忽然对弹琴这么感兴趣了？琴女的手指钩在琴弦上，正在奏急促的短声，这种急促的短声除了《广陵散》，可是任何琴曲都没有的啊！

于谦一声惊叫，指着中间那幅画说道："这幅画中的琴女弹的就是《广陵散》中的短声！"

澹台镜更是纳闷了，知道中间那幅画中的女子弹的曲子是《广陵散》又有什么用呢？席梦平一解释，他才恍然大悟，原来这《广陵散》是嵇康所创，而嵇康是被司马昭在263年处死的。临刑前，嵇康弹的就是这首《广陵散》。司马昭知道这首曲子是刺王之曲后，就禁了这首琴曲，自此才有自嵇康后，广陵散绝迹这一说。创作这幅画的画家一定是见过嵇康弹奏过此曲，或者见过其他琴女弹奏过《广陵散》的人，否则绝对不可能画出这样的指法来。

东吴的画圣曹不兴生于228年，至嵇康被杀的263年他已经是三十五岁了，也只有他才有接触《广陵散》琴曲的机会。卫协和顾恺之都是嵇康死后多年才出道的晚生后辈啊！

至于《广陵散》现在还有流传，那是有人在嵇康被杀的几百年后，挖了嵇康朋友的坟墓，无意中得到了该琴谱的缘故。

澹台镜听席梦平讲完，高兴得两只手都拍不到一块儿了，中间那幅画一定是曹不兴的作品。于谦和因哲也是连连点头。没想到竟是画上琴女的指法暴露了画者的身份！

可剩下的两幅画，哪幅是卫协的作品，哪幅又是顾恺之的作品呢？要知道也先手中已经有多幅顾恺之的古画了，真的要是弄一幅假的拿回去，叫也先看出破绽，那英宗的性命可就危险了。

窗外太阳已经压山了。澹台镜一见天色已晚，吩咐厨下给三位客人准备晚饭，席间，澹台镜对着席梦平抱拳说道："席先生的鉴画之能真是神鬼难测，您今晚无论如何也要帮老夫把那两幅画的作者分清啊！"

等四个人重新回到书房中的时候，天已经完全黑下来了。借着摇曳的烛光，席梦平走到那两幅画前，那两幅画中的琴女弹琴的指法也很怪异，席梦平想遍了琴谱，也没想到什么琴谱上有这样的指法，从指法上判断出古画的作者已经是不可能了！

要说顾恺之画人物都非常有特点，他用笔若行云流水，又如春蚕吐丝，被后人称为"高古抽丝描"，可是剩下的这两幅古画的画风和描法都非常接近，顾恺之和他师傅卫协真是变着法儿难为后人啊！

席梦平看了一个时辰也没看出什么端倪，他就把这两幅画放到了桌子上，手里端着蜡烛，一寸一寸地仔细查看。看了一会儿，席梦平突然“咦”了一声，抬头对澹台镜问道：“澹台庄主，卫协最擅长画什么？”

澹台镜想都没想，说道：“佛像啊！”

席梦平惊喜地一拍巴掌，指着一幅画上的琴女的头像说道：“几位帮我看看，这位琴女像谁呢？”

于谦、澹台镜和因哲凝神细观，看完竟一起大笑，于谦在书房中的博古架上拿下了一尊玉观音放到了桌子上，说道：“这幅画中的琴女太像观音菩萨了！”

席梦平抚掌道：“对，卫协以画佛像而闻名，在画琴女的时候，竟不知不觉间把琴女画得和观音菩萨相像了！”

澹台镜拿起最后一张《横琴素女图》，除去曹不兴和卫协的两张画，剩下的这张一定是顾恺之的正品无疑了。他虽然爱画如命，心里万分舍不得，可是当着好几个人，也没法赖账啊，他剜心割肉似的把顾恺之的《横琴素女图》交给了瓦剌使者因哲。澹台镜恋恋不舍地看着瓦剌使者因哲手中的古画，耸动着喉结说道：“都说这三幅琴女图中，隐藏着一个无人能揭开的秘密，席先生可否最后一次为老朽释疑解惑呢？”

席梦平眼睛里也流露出无奈的神色，这三幅画中的秘密他也是没有参悟透啊！

于谦连夜告辞，领着席梦平和因哲回到了京城。这时天已经亮了。席梦平见于谦急着上朝，把于谦拉到了街角，低声问道："于大人，您真的要把顾恺之的画送给瓦剌的使者？"

于谦点了点头，说道："为了把英宗皇帝换回来，我也只能这样做了。"

席梦平见左右无人，压低声音说道："您在大明危难时刻，拥立代宗皇帝登基，可您也要试想一下英宗皇帝的感受，真要英宗皇帝回来继续做皇帝，他第一个要杀的人绝对是您啊！"

于谦听完哈哈大笑道："身为大明的臣子，一旦国家有难，如果人人都先为自己考虑，那我们这个泱泱的天朝可就没得救了！"

于谦昂首挺胸领着因哲上朝。三天后，因哲用十辆马车载着换回英宗的金银宝物回了瓦剌，半个月后，英宗回朝。代宗皇帝根本就不想把皇位再让给哥哥英宗。英宗回到南京之日，就被代宗在南宫中软禁了起来，八年后，代宗病入膏肓，对于谦极度不满的奸臣石亨、徐有贞和太监曹吉祥等人领兵冲进南宫，把英宗放了出来，并重新拥立英宗当了皇帝。

一心为国的于谦大人被英宗关进了大狱，这就是历史上有名的"夺门之变"，又叫"南宫复辟"。

半个月后，于谦被英宗安了个"意欲"之罪，押赴市曹，斩首示众！

十里长街挤满了送行的百姓，席梦平满脸是泪，用十两银子贿赂了监斩的明兵，这才能背着一张古琴，端着一碗烈酒挤到于谦面前，于谦用门牙叼着海碗，一仰头，把一碗烈酒喝了下去，他望着直抹眼泪的席梦平大笑道："席兄，哭什么，大丈夫为国当不惜身，您还是弹奏一曲，替于某聊壮行色吧！"

席梦平悲伤地点了点头，落泪道："我为您弹一首绝传天下的骊歌吧！"席梦平讲完，把焦尾古琴横放在膝盖上，双指如急风暴雨，他弹的正是悲愤激昂的《骊歌》！

于谦看着席梦平弹奏《骊歌》的怪异指法，恍然大悟地说道："当初我看到那三张古画的时候，见画上那三位琴女弹的古琴曲指法都非常怪异，如果于某猜得不错，她们弹的琴曲就是席兄现在奏的——《骊歌》吧？"

席梦平点了点头，其实那三幅画非常好鉴定，那三个琴女弹的都是同一首琴《骊歌》的三个段落——短啼、骊恨和歌哭！那短促的琴声不仅《广陵散》中有，这首《骊歌》中也有。可是会弹这首《骊歌》古曲的人在大明朝也找不出几个了。席梦平之所以把鉴画搞得玄之又玄，为的就是帮于谦弄来那幅顾恺之的《横琴素女图》啊。没想到英宗皇帝恩将仇报，真要杀于谦啊。

要说这三幅画的秘密也非常简单，曹不兴是东吴人，东吴被西晋所灭，而卫协是西晋人，西晋被匈奴所灭，最后又被东晋取代，而最后的顾恺之却是东晋人，这师徒三人都饱经了战乱的折磨，面对窃国者的屠刀，他们师徒三人画了三幅分别弹奏短啼、骊恨和歌哭的琴女，为的就是要表达对故国的哀思，对战乱和当权者无声的反抗。谁会想到，一千年后，这悲壮的骊歌又要为曾经改朝换代，却被改朝换代所害的于谦奏响了。

于谦望了一眼浑黄的天，在两块浓云中有一只转着圈的沙鹰，这只沙鹰是不是迷路了？他的耳边传来席梦平唱《骊歌》的声音："予不离兮，有歌伴身；予歌骊兮，家园梦远；骊歌鼓兮，浩浩黄天；黄天迟兮，哀思纵荷！……"——这是一首离别的悲歌，席梦平把这首《骊歌》唱得豪气纵横，风云迭起。

在四周百姓的一片哭声中，于谦慷慨就义。席梦平仰天号哭道："嵇康一亡，《广陵散》断，于兄一没，《骊歌》永绝矣！"说罢，摔琴触柱而亡，悲壮的《骊歌》从此失传！

一幅笑“画”

柳镇东是天江市古画的鉴定名家，可是半年前他将一幅石涛的《乱滩孤鹤图》误认为是赝品。柳镇东打眼的事儿一经传开，立刻成了天江市鉴定界的大笑话。

柳镇东真是憋气带窝火，一气之下，生病住了三个月的医院。他出院后，闭门谢客，从此再也不言鉴画！

柳镇东这天正坐在椅子里唉声叹气，桌子上的电话响了，打电话的是他的好朋友——有天江市鉴画第一人之称的南宫平。南宫平最近收上来一幅怪画，可是他看了很长时间，却拿不定该画的作者是谁，他想求柳镇东帮自己掌一下眼。

柳镇东哪有那份闲心，他毫不客气，一口回绝。可是南宫平却在电话里笑道：“老伙计，你平时总对我这个第一不服气，这幅画中的人物服饰迥异，画得好像不是一个时代的人物……怎么难住了我的怪画，你就一点儿也不感兴趣？”

南宫平拿着黄绫子包裹的画来到柳镇东的家里。柳镇东看着南宫平那张署有烟霞散人的画卷，脸上的表情愁苦异常。这萎靡的神情真是叫人看完了第一眼，不想看第二眼。这幅画是一帧人物，画的题跋上写着“四高士图”几个隶书墨字。

南宫平善于品评山水画，而柳镇东却善于鉴定人物画。柳镇东对于前秦后晋、唐宋明清的绘画高人不能说如数家珍，但至少也是皆有耳闻，烟霞散人的作品他还是第一次见到。

南宫平一见柳镇东对这幅画也是难于下结论，忙起身说道：“柳老弟，我把这幅画留下，你好好研究一下，什么时候研究明白，什么时候你再通知我！”

南宫平走后，柳镇东就一头扎进了自己收藏的典籍之中，半个月后，他给南宫平打了一个电话，说道：“你那幅画我已经鉴定完毕了，你过来看一下，哈哈哈！……”

南宫平听着柳镇东奇怪的笑声，不由吓了一跳，难道柳镇东走火入魔了吗？他急急忙忙地来到了柳镇东家，这次柳镇东已经不是一副苦脸了，他的脸上荡漾的都是爽朗的笑意。

柳镇东指着画里的四个人物说道：“经过研究，我已经知道画中这四个人物都是谁了！”

画上的四个人物服饰和神色迥异，最东边的是一个四十多岁的中年男人，他身体清瘦，神态诙谐，戴高冠，穿直裾（一种只有汉朝男子才穿的直身单衣），这个人用手指着自己的嘴唇人中穴……他就是说相声的祖师爷东方朔。

东方朔用手指着自己嘴唇上的人中穴，那是代表着他的一个有名的笑话——有一次东方朔陪汉武帝赏花。汉武帝嘴唇噘得高高地凑近花朵闻香味。东方朔就打趣道："陛下的嘴唇是真够长的啊！"汉武帝很得意："那是，人中过三寸能寿活百岁啊！"东方朔抓住了话把儿，盯着问："陛下金口玉言，令为臣顿开茅塞。但有一事不明，请陛下指点迷津。"汉武帝正在兴头上："但讲无妨，朕保准有问必答！"东方朔不紧不慢地说："刚才陛下说人中过三寸能寿活百岁，臣闻过去有位彭祖寿活八百，他那人中得有多长啊？"

南宫平一竖大拇指，说道："柳兄说得对，这个人真的是东方朔！"

紧挨着东方朔的是一个中年文士，这个中年文士长面青须，他用手指着地上的一只羊和水塘里的一条鱼正在捻须微笑。这个人就是撰写《古今笑史》的冯梦龙。

关于鱼和羊这两种动物，冯梦龙曾经写过这样一个笑话——陕县闹旱灾求雨。可是求雨的时候为了表示诚心，按例是禁止屠宰的。御史娄师德到陕县视察，当地的官吏为了奉承他，就叫厨子炖羊肉给他吃。娄师德责问厨子："你们为啥要杀羊？"厨子答："不是我特意给您杀的，羊是被豺狼咬死的。"娄师德满意地说："这只豺狼蛮好吗。"一会儿，厨子又端上了红烧鱼。御史又斥责，厨子接着说："鱼也是被豺狼咬死的。"娄师德一拍桌子叫道："你这傻瓜！鱼怎么会被狼咬死，应该说是被水獭咬死的，懂吗？"

南宫平听柳镇东讲完狼咬鱼的笑话，不由得哈哈大笑。

画上的第三人和第四人的脑后都拖着一条大辫子，很明显他们都是清朝人，第三个人手里拿着一个长把的铜烟袋，不用说，这个人一定是纪晓岚了。

南宫平盯着画面上的纪晓岚，说道："这个纪晓岚手里拿着两个小木偶，一个是官，一个是武将，难道这一文一武两个小偶人也是笑话？"

柳镇东肯定地说道："那是一帧妙联笑话！"

乾隆二十七年十月，纪晓岚奉旨出都，任福建学政。行舟途中，纪晓岚遇到一位同朝武将也要去福建赴任，因为河道狭窄，只可以走一条船，两个人都要争先，那个武将大声叫道："我现有一联，如阁下能对出，敝船必当退避三舍，如对不出，则只好委屈阁下殿后了。"武将出的上联是——两舟并行，橹速不如帆快。纪晓岚听完就呆住了，要知道此联可是非常难对——"橹速"谐指三国著名文臣鲁肃，"帆快"暗指西汉著名勇士樊哙，一文一武，正巧构成双重含义，表面上是说橹不如帆，暗含的意思是说文官不如武将。

那武将一看纪晓岚对不上，不由得哈哈大笑，乘舟先行。

纪晓岚来到福州后，主持院试，乐声轰鸣，纪晓岚触景生情，想出下联：八音齐奏，笛清怎比箫和。"笛清"暗指北宋名将狄青，"萧和"暗指西汉宰相萧何，也是一语双关，那意思是文胜于武，对得天衣无缝。

纪晓岚正欲派人去通知那个同到福建为官的武将，没想到那个武将却自己找上门来了。原来那个上联是乾隆皇帝想了半年才想出的绝联，纪晓岚纵然聪明，一时半刻间，哪能对上！纪晓岚望着京城的方向只有苦笑了。

南宫平忍不住直点头，没想到纪大烟袋也有被乾隆皇帝难住的时候。

最后一个人是个驼背，看着那个高高的罗锅，这个人应该就是刘墉刘罗锅了。可令人奇怪的是，画面上的刘墉手里却拎着一个王八，看他眯着眼睛的滑稽表情，就使人忍不住地噱笑。

南宫平拍了一下脑门说道：“这个笑话我知道！”

柳镇东说道：“你知道的那个笑话已经过时了，我这里有一个关于王八的最新笑话！”

乾隆皇帝爱捉弄刘墉。有一次他在行宫休息，夜里被蛤蟆叫声吵得睡不着觉。他把刘墉找来了：“刘墉，外面什么叫唤？”刘墉回答：“万岁爷，这是学生在读书。”

乾隆皇帝说道：“学生读书？怎么我听不懂？”

“您当然听不懂，这是倭国的学生在那儿念书呢！”

“你把他们的教师带来，我问问他们念的是什么书？”

刘墉一想，这下可要我的命了，人怎么逮得着蛤蟆？没法子，他只好脱了鞋子，光脚下水逮蛤蟆。你想蛤蟆跑得多快，他一下水，蛤蟆都乒乒乓乓跳水逃跑了。

刘墉正发愁，忽然觉得脚底下有个东西在动，原来是个王八。刘墉伸下手去卡着王八脖子把它提拉上来，来到乾隆皇帝跟前说：“臣刘墉交旨！”

乾隆皇帝一看也愣了，就说：“刘墉，我让你把倭国的教师带来问话，你手里抓的是什么东西？”

“启奏万岁，倭国的学生和教师都跑了，我把翻译官南宫平给您抓来了！”

南宫平没事就和柳镇东开玩笑，听他“骂”自己，也不真的急眼生气。

柳镇东讲完哈哈大笑。这幅画既然出现了清朝的人物，画画的画家自然是近代人，观其画画的手法和画家的笔力，如果柳镇东认不错的话，这幅画就是南宫平自己画的。

南宫平为了让柳镇东振作起来，就画了这四个人物，他们都是古往今来搞笑的高手，为了破解他们的身份，柳镇东自然要去看笑话的典籍。

果然看完大量的笑话后，柳镇东心里的阴霾一扫而空了。

南宫平握住了柳镇东的手，说道：“柳兄啊，古画鉴定界谁也不能保证自己没有打眼的时候，打就打了，从哪里打眼，再从哪里找回来就是了！”

柳镇东点了点头，随即屋子里响起了两个人手掌击到一块儿的声音。

一生之舞

刘晓箐只是省芭蕾舞团的二流演员。芭蕾舞是一门高雅的艺术，可是现在舞蹈市场低迷，就是有了演出的任务，也是落到了团里几个头牌舞蹈演员身上，刘晓箐一年到头，也是只有干看着的份儿了。刘晓箐虽然舍不得芭蕾舞这门艺术，可是她心里也渐渐地萌生了退意。

芭蕾舞团的赵团长看到刘晓箐的辞职信，把刘晓箐找到了办公室，刘晓箐一说自己的想法，赵团长也是叹了口气，刘晓箐别看不是芭蕾舞团的台柱子，可是她舞蹈各方面的基本功还是很全面的，一个搞芭蕾舞的演员，离开心爱的舞台，回到地方能干啥呢？

刘晓箐也舍不得芭蕾舞团啊。赵团长点了点头，说道："小天鹅艺术学校要到咱们团里来挑一位舞蹈老师，我准备把你的名字报上去！"

芭蕾舞团中跳舞比她好的大有人在，自己想要胜出谈何容易？赵团长见刘晓箐情绪低落，他倒了杯水，放到刘晓箐手里道：“晓箐啊，我有个好朋友名叫吕佳，他是动物养殖方面的博士，目前还没有女朋友……他在七星岩自然保护区当经理，我放你一个月的假，你到那里散散心去吧！”

吕佳戴着一副宽边的近视镜，他去年才从美国留学归来，倒是一个标准的钻石王老五。刘晓箐活泼好动，而吕佳抱着一本书就能看半天，这两个人也不是一路人啊！

吕佳把刘晓箐安排到自然保护区宾馆最好的房间，他就忙自己的事情去了。刘晓箐一大早站在阳台上，做了几个漂亮的芭蕾舞动作，自然保护区空气清新，湿漉漉的空气吸到肺叶里，刘晓箐的精神也为之一振。

刘晓箐吃完早饭，她和宾馆的服务员一打听才知道，自然保护区最好玩的地方，就是飞禽园啊。吕佳从国内外引进了几百种珍稀的飞禽，经过人工的驯化后，大都散养在园子里。刘晓箐拿手机拨通了吕佳的电话，过了好一会儿，吕佳才接，刘晓箐张口就叫吕佳来接自己，她要到飞禽园去看看。吕佳想了好一会儿，才说道：“你坐宾馆的车过来吧，我手里有点活放不下！”

这个吕佳真是木头疙瘩一个，美人相邀，他还能无动于衷，无怪乎他快到三十五岁，还是光棍一根了。刘晓箐气呼呼地上了宾馆的游览车，半个小时后，来到了飞禽园。

丘陵起伏的飞禽园中，翠竹芊芊，鹤飞鸟鸣，鸳鸯戏水……刘晓箐和飞禽园的工作人员一打听才知道，原来这个气人的吕佳躲在山鸡馆里，已经一天一宿都没露面了。

刘晓箐心里也纳闷啊，难道那“嘎嘎”叫的山鸡比她这个大美人还迷人？刘晓箐径直来到了山鸡馆，巨大的玻璃房子被间隔开，里面养着十几种来自世界各地的山鸡，什么孔雀蓝雉鸡、珍珠白雉鸡，最好看的就是眼睛通红的黑雉鸡……吕佳听助手说刘晓箐到了，急忙从解剖室里迎了出来，他带着乳胶手套的两只手上还在滴着鲜血，倒把刘晓箐吓了一跳。

刘晓箐一问才明白，原来保护区最近引进的美国七彩雉鸡出问题了，二十几只雉鸡死了七八只，剩下的雉鸡也都是蔫头耷脑，好像随时都会咽气的样子。

吕佳用手术刀切开了雉鸡的腹部，可是他却没有找到雉鸡的内脏有什么病变。刘晓箐听吕佳讲完也觉得奇怪，她跟在吕佳身后，来到养着美国七彩雉鸡的玻璃房子前，果然十几只雉鸡蹲在角落中，一个个翎毛散乱，恹恹的一副病态。

刘晓箐想了想，说道：“我知道了，它们一定是水土不服想家了！”

吕佳引进的美国七彩雉鸡可不是经过驯化的雉鸡，而是美国加州额吉贝山原产的野生山鸡，喂给它们的食物都是美国原产的草青虫，难道它们真的是水土不服想家了？吕佳眨眨眼睛，一拍脑门说道：“对，给它们放点儿家乡的声音吧！”

安抚野生的山鸡自然不能放爵士乐和古典音乐，两个人打开电脑，刘晓箐点开美国风情网的网页，她用活动硬盘下载了一段额吉贝山知更鸟的鸟鸣，听着这段美妙的天籁之声，萎靡的七彩雉鸡精神也为之一振，可是音乐一停，它们又都趴回了原地，喂食员把肥硕的草青虫送到它们嘴边，它们还是完全没有食欲的样子。

难道那“叽叽喳喳”的鸟鸣之声，并不是它们听惯的动静？刘晓箐又换了几种美国鸟的鸣叫声，可是那十多只七彩雉鸡仍旧是一副蔫蔫的样子。

两个人折腾了老半天，也没治好雉鸡们的怪病，眼看着太阳已经偏西了，吕佳望着忙活了大半天的刘晓箐，也觉得有点不好意思。

吕佳亲自开车把刘晓箐送到了宾馆，为了对刘晓箐的帮助表示感谢，他竟亲自陪刘晓箐到宾馆的小舞台看演出，自然保护区组织的演出团水平有限，无非是一些唱歌跳舞的小节目。吕佳见刘晓箐看得心不在焉，也觉得脸上无光，等节目演完，他低声说道：“晓箐，你能不能上台表演一段芭蕾舞啊？”

刘晓箐看吕佳小心翼翼的模样差点儿没笑出声来，她点了点头说道：“当然可以！”

刘晓箐换了一双舞鞋，随着乐队悠扬的伴奏声响起，她跳的是一段《水乡之梦》，这是一段表现水乡姑娘爱情畅想的芭蕾舞。随着电子琴模仿的泉水叮咚的声音，台上的刘晓箐就像湖水中的荷花一样翩翩起舞。

刘晓箐的《水乡之梦》刚跳了一半，吕佳就傻呵呵地站了起来，刘晓箐还以为他要给自己鼓掌叫好呢，谁承想吕佳叫道：“我知道了，我知道给雉鸡们放什么音乐了！”

吕佳叫完，直向小剧场门外跑去。台上的刘晓箐勉强把一支舞跳完，她尴尬地回到了自己的房间，越想吕佳着魔的样子就越来气，她本想第二天天一亮就打道回府，可是那个疯疯癫癫的吕佳总是在自己的心头挥之不去，他究竟发现了什么呢？难道他想出了给美国七彩雉鸡治病的方法？

第二天一大早，刘晓箐坐车又来到了山鸡馆，吕佳果然给美国七彩雉鸡换了音乐，音乐已经不再是鸟叫了，而是潺潺的流水声音，听着那“叮咚”的水响，那十几只雉鸡果然不再萎靡，开始兴奋地在玻璃房子里来回踱步！

可是野鸡们寻找了很久，还是没发现水源，它们又失望地溜达到玻璃房子的一角，翅膀一耷拉，趴在地上不动了。

刘晓箐指着玻璃房子内的自动饮水器说道：“既然雉鸡对水响这么有感觉，你何不做个模拟自然的水源给它们呢？”

真是一句话点醒梦中人啊，吕佳拍手喊好，他领着二十几名工作人员经过半天的忙活，一条“哗哗”作响的人工小河就流进了玻璃房子。

美国七彩雉鸡们一见人工河，就好像吃了兴奋剂，纷纷跑到了人工小河旁低头饮水，梳洗羽毛，好不欢快！真没想到，一条简单的人工小河，就治好了美国七彩雉鸡的萎靡症啊。

刘晓箐乐得直拍手。吕佳却急匆匆地回到了办公室，他从电脑里调出几十张额吉贝山的地理图片，看完，他跑了出来，瞪着眼睛对刘晓箐叫道：“我知道真正的原因了！”原来毛病出在这群美国雉鸡的生活环境上。额吉贝山里有一座瀑布湖，这群山鸡除了飞落湖边饮水和梳洗羽毛外，每天它们最重要的活动就是用湖水当镜子给自己照影啊。

中国有句成语叫山鸡舞镜，就是说灵性很足的山鸡是极其爱美的飞禽啊！

山鸡爱美是天性，它们没有了湖水当“镜子”，就会渐渐地迷失了自己，觉得生活索然寡味。这就是它们日渐萎靡的原因啊！

刘晓箐刚要说什么，吕佳“砰”的一把将刘晓箐的手抓住了，刘晓箐还以为这个书呆子要向自己表达爱意呢，没承想吕佳“吭哧”了半天，最后脸憋得通红才说道：“你知道吗，这些美国七彩雉鸡太珍贵了，为了彻底把它们的萎靡病治好，你能不能帮我一个小忙？……”

吕佳想请刘晓箐穿上一件演出服，对着美国七彩雉鸡跳一支舞。古人都说对牛弹琴，吕佳竟叫刘晓箐对鸡起舞，刘晓箐本来想一口回绝，可是她看着吕佳热切的眼神，竟鬼使神差地点头同意了。

伴着悦耳的流水声，刘晓箐把一整段的小天鹅舞跳了下来，玻璃房子里的美国七彩雉鸡都拿她当成了比美的目标，它们一个个展翅高歌，翩跹起舞。这群雉鸡一边跳着兴奋的舞蹈，一边飞到人造小河边去照自己的影子。

山鸡们瞧罢刘晓箐的舞姿，又看罢自己水中的影子，两相一比较，它们又都好像找回了信心——也许在鸡的世界里，它们自己永远是最漂亮的吧！其实每个人都有别人比不了的长处，如果总拿短处和人家的长处比，那只能是越比越伤心。

刘晓箐在吕佳热切的眼神里，也找回了久违的信心。她回到了省芭蕾舞团，正好赶上小天鹅艺术学校来招老师，刘晓箐借助扎实的基本功，一路过关斩将，终于胜出。可是还没等她接过小天鹅艺术学校黄校长的聘书，吕佳就领人急匆匆地赶来了，他竟代表自然开发区，要聘请刘晓箐去当演出团的团长。

小天鹅艺术学校校长急了，他高举着大红的聘书嚷道："吕经理，咱们得分个先来后到吧？"吕佳也急了，要知道省城和自然开发区距离好几百里地，刘晓箐要到艺校去当老师，他哪里还有追求美女的机会啊！

赵团长也是没办法，最后叫刘晓箐自己决定。刘晓箐左瞧右看，还是难于下决心。吕佳这次倒很直接，他一把攥住刘晓箐的手，央求道："晓箐，你还是到我那里去吧！"

刘晓箐皱眉道："难道还想叫我给你的山鸡们去跳舞？"

吕佳"扑通"一声单腿跪倒在地，从上衣口袋里摸出了一朵喷着金粉的玫瑰花，大声说道："晓箐，我要……我要一辈子看你跳舞啊！"

这个承诺太高难，小天鹅艺术学校的黄校长是说啥也办不到了。在一片热烈的掌声中，吕佳和刘晓箐拥到了一起！

鱼唇王

1.决斗

铜锣湾帝豪大酒店是香港做鱼唇宴最好的酒店，酒店的老板邱天啸就是全港最有名的鱼唇王。

邱天啸的师傅就是帝豪酒店的前任老板金鑫。金鑫曾是香港上一届饮食协会的主席，人称金老大。被人传得沸沸扬扬的是，六十年前金老大的师傅敌百天曾给他留下了一本《鱼唇秘籍》，那本《鱼唇秘籍》才是金老大成名厨界的本钱。

金老大一共收了三个徒弟，大徒弟就是他现在的女婿邱天啸。还有个二徒弟，名字叫马成龙。最小的徒弟就是他自己的女儿金子惠了。二十年前，他把女儿金子惠嫁给了邱天啸，马成龙一气之下远走澳洲。金老大急火攻心，竟然一直失语到现在。

不过，他知道马成龙也很有出息，是全澳洲最有名的鱼唇王。

半年前，金老大被查出心脏出了问题，最简单也是最有效的方法就是换心。可是，心源却成了难题。为此，圣玛丽医院在医院网站的主页上发布消息，公开寻找合适的心源。七天前，圣玛丽医院的邮箱里收到了一封来自美国国立医院的邮件，称大约十天后可以提供合适的心脏。

就在接到邮件的第三天，远在澳洲的马成龙派人传过话来，说他五天后要来香港，将和邱天啸来一场鱼唇王的比赛。这两人争夺的目标自然就是金老大那本《鱼唇秘籍》了。

今天是比赛的正日子，一百多名报馆和电视台的记者已经早早地来了。现任香港饮食协会会长骆寒先生是这场大赛的评委。

金老大听到这个消息，非要出院观看比赛。邱天啸无奈，只好把金老大用车接了过来，并一再叮嘱他不要激动。三名圣玛丽医院的急救专家坐在急救车里以防万一，他们已经做好了各种应急的准备。

听着钟楼传来的九点整的报时声，骆寒和坐在轮椅上的金老大互相望了一眼。只听到站在门旁的邱天啸说道："来了！"

十几辆银灰色的宾利车在酒店外的停车场上泊住，紧跟在车队后面的是一辆增氧的低温货柜车。从第一辆车上下来的正是脸色青白的马成龙。他身后的十几名助手打开了那辆货柜车的箱门，从里面卸下了一个透明的玻璃钢水箱。水箱里面装的是五六条三五十斤重的澳洲极品犁头鳐。

装满犁头鳐的水箱被抬到了酒店的后厨。邱天啸领人迎了出来。马成龙抱拳和众人打过招呼后，走到了金老大的轮椅旁，望了一眼推着轮椅的金子惠。他迟疑着单腿跪在地上，叫了声“师傅”，眼神很是古怪。

金老大神情激动，右手摸着马成龙的头顶，丧失语言功能的喉咙里发出含混的声音。金子惠眼角一热，望着父亲左手的手势，低声翻译道：“师兄，师傅说你这些年在外面受苦了！”

马成龙支支吾吾地站起身来，身体摇晃了两下，叫了声“师妹”。

金子惠望着马成龙难看的脸色，关切地问道：“师兄，你的身体……”

马成龙咳嗽了两声，没有作答，只是望着邱天啸说道：“这次争夺鱼唇王的大赛，师兄可不要手下留情啊！”

邱天啸苦笑道：“师弟，天下第一，真的对你那么重要吗？”

马成龙冷冷地点头。

一行人来到了宽敞的厨房。厨房中早已经布置完毕。记者们的“长枪大炮”纷纷对准了称雄天下的两名鱼唇王。

骆寒坐到裁判席上，他面前放着一个古色古香的紫檀木盒子，不用想，里面一定是那本闻名香港的《鱼唇秘籍》了。而另一边的银盘子里，放着一张马成龙带来的三千万美元的支票，这就是两人今天的赌注。

马成龙望着桌上那个紫檀木盒子，眼睛里都是贪婪的神色。

2.秘籍

骆寒宣布大赛正式开始。今天，邱、马二人做的第一道菜就是汴梁十二扒中的白扒鱼唇和红扒鱼唇。

澳洲犁头鳐就是做这两种扒鱼唇的最佳原料。邱、马二人虽然卸下了整副的鱼唇，可真正入菜的只是鱼唇正中那块名叫鱼冲的唇肉。犁头鳐的鱼冲才是唇肉中真正的上品。

两道菜被二人分别盛到了扒盘之中，端到了裁判的桌子上。马成龙的白扒鱼唇做得颜色乳白，异香扑鼻。而邱天啸的红扒鱼唇做得也是红中透亮，唇糯菇香，两位鱼唇王出手，果真不同凡响。

骆寒将两道菜尝完，闭着眼睛想了一会儿，缓缓地说道："这两道菜不管是从色、香、味、形上来说都是满分！"

难道第一场就打平？四周等待发稿的记者显然对这个结果不满意。马成龙冷笑道："骆主席号称全港首席食神，这两道菜总得有点微小的差异吧？"

骆寒无奈，眼睛望向金老大。金老大两只手比画着，金子惠迟疑地翻译道："红扒鱼唇在'汴梁十二扒'中排第四，而白扒排在第三，这是因为在同样的做法下，白扒更能体现鱼唇的鲜美，如果将两道菜做得同样出色，当然是——红扒，获胜！"

周围的人听完金老大的评点，欢呼一声，竟都鼓起掌来，很多记者都对嚣张的马成龙看不上眼，希望邱天啸能够获胜的人自然多一些。

马成龙的脸色铁青，从怀里摸出一片药丢到嘴里。马成龙示意身边的助手，立刻，助手摸出了手机，没过五分钟，酒店外的上空就出现了一架隆隆作响的直升机。直升机悬停在停车场的上空，用钢缆系下一个密封着的铁箱子。马成龙的助手将铁箱抬到了厨房，直升机围着帝豪酒店转了一个圈，又直接向新港码头方向飞去。

马成龙打开那个方形的神秘铁箱，铁箱里全都是冒着白雾的干冰。马成龙伸手在冰块里面拾出了一副用密封膜包着的蓝鳍鲨的口唇来。

金老大也只是听说过这种原产非洲的鲨鱼鱼唇奇腥无比，极为难做。他对着邱天啸打了几个手势，邱天啸点头，面色凝重地走上前去，在马成龙的耳边低声道："师弟，师傅心脏不好，我们这样同室操戈，又是何苦？"

马成龙脸色冰冷，说道："我要叫师傅看一看，谁才是真正的鱼唇王，那本《鱼唇秘籍》一定是我的，除了我，任何人都不配！"

邱天啸连连摇头，心里明白，当年师傅将金子惠嫁给自己，今天，马成龙是来报当年那一箭之仇的。

冰冻的鱼唇被取下，浸到冷水中化开。鲨鱼鱼唇被除冰解冻后，一股浓重的腥味已经弥漫开来，怎么除掉这股鱼腥呢？

邱天啸采用传统的除腥办法，先用白醋浸泡，接着又用绍酒清洗。这时的马成龙嘴角露出冷笑，他在怀里摸出一个雕着古怪图案的小木瓶，将瓶里的药粉倒在了鱼唇上。

两个人准备完毕，各自报出了自己要做的菜名，马成龙做的是鲨口八珍，邱天啸做的是宝玉鱼唇。

两道菜被端到了裁判的桌子上。马成龙做的鲨口八珍吃得骆寒连连点头，这道菜竟能集海鲜美味之大成，不用说，又是一个满分。

邱天啸做的宝玉鱼唇，闻着就有一股腥气，骆寒皱了皱眉头，正要尝菜，只听邱天啸脸色一红，说道："这道菜我承认失败！"

记者们听邱天啸亲口承认失败，交头接耳，议论纷纷。

金子惠替丈夫解释道："蓝鳍鲨的鱼腥味最重，只有当地渔民调配的药粉才是除腥的最好武器，马师兄看样子是有备而来啊！"

马成龙听到自己胜利，脸上现出一种病态的潮红。此时，金子惠就像是磁石一样牢牢吸引着他的目光，很多爱写八卦新闻的老记者心里都知道，这邱、马二人当年和金子惠都有过一段感情纠葛啊！

马成龙做完菜后，脸上都是虚汗，他的助手帮他取出药片服下，他急促的喘息才平和了一点儿。

过了一会儿，那架直升机又从新港码头方向飞了过来，落到了停车场中，马成龙的助手们从直升机中搬下一只扁平的不锈钢箱。当第三只神秘的不锈钢箱打开的时候，记者们发出了一片惊呼声，箱里竟是一张完整的超大石斑鱼的鱼皮——这就是制作鱼唇宴的顶级原料龙蛋皮啊。

金老大做了大半辈子鱼唇，也是从没见过这么大的一块龙蛋皮。

马成龙取的是龙蛋皮的下鱼唇，邱天啸取的是龙蛋皮的上鱼唇。邱天啸望着强打精神的马成龙说道："师弟，你要做麒鱼腾龙？可你身体不好，能行吗？"

马成龙的眼睛望着金子惠说道："师傅，我记着师妹做昆仑唇片这道菜最拿手！只可惜……"

金子惠走到邱天啸身边，和他低语几句。邱天啸望了一眼马成龙道："师弟，子惠想要替我做这道昆仑唇片，不知道这合不合比赛的规则？"

马成龙一摆手，表示拒绝。

若论厨艺的成就，金子惠当年可是第一啊。记者们一听当年的女厨王要出手，不由得兴趣大增。马成龙望着小师妹，能够和师妹在厨房中刀勺共舞，并案成菜，这可是他多少年的心愿啊！可今天，他是来和邱天啸决一死战的。

骆寒先将这两道鱼唇宴的顶级名菜介绍给大家。原来，麒鱼成龙成菜后是一条临风欲飞的狂龙，而昆仑唇片要做出昆仑山的大气来。昆仑腾龙，这是金老大独创的鱼唇宴的名菜。今天，这师兄弟二人做的就是昆仑腾龙。

半个小时后，两道菜在蒸锅中被端了出来，一股龙虿皮鱼唇所特有的异香在厨房中弥漫开来，骆寒给的还是满分。

众人都把眼光盯在了最有发言权的金老大身上。金子惠将两道菜分别放在自己父亲面前。

金老大尝过两道菜，眯着眼睛品了一会儿菜味，打了几个手势，金子惠望了一眼自己的丈夫，迟疑着宣布道："昆仑唇片中我父亲只吃出了沉稳，可是在麒鱼腾龙中，我父亲却发现了一股冲天的霸气，第三局是马成龙获胜！”

金子惠随后又将父亲的意思转告了骆寒，骆寒点了点头，领着记者到大堂开新闻发布会去了。厨房中只剩下了金老大和他的三个徒弟。

3.真相

马成龙靠在水台旁，眼睛里是不可一世的傲气。

金老大比画了几下，金子惠轻轻地拿起了马成龙做的麒鱼腾龙，用不锈钢的菜铲猛地一戳，竟把那条张牙舞爪的龙身全部放到了昆仑唇片上。

山舞鱼龙，龙跃山腾，原来这才是真正的昆仑腾龙！金老大当年传艺的时候，把这道菜分开，分别教会了自己的两个弟子各人一半，为的就是要他们不得离心离德——山无龙就成了死山，龙离开深山就失去了根基啊！

邱天啸说不出话来，马成龙也愣住了。金子惠把紫檀木的盒子交给了目瞪口呆的马成龙。

马成龙两手颤抖，当他把木盒打开的时候，却发现里面根本就没有什么秘籍，只有一件女孩穿的小衣服，一个牛皮筋的弹弓和几个花花绿绿的玻璃球。那个牛皮筋的弹弓不正是自己小时候的玩具吗？

马成龙好像被一个雷劈在了脑袋上，“扑通”一声坐到了地上。秘籍？难道《鱼唇秘籍》就是这三件东西吗？

金子惠望着马腾龙失魂落魄的样子，冷冷地道：“告诉你吧，这世界上根本没有什么《鱼唇秘籍》，父亲把我们小时候玩过的玩具装到了盒子里，他想谁的时候，就把谁的东西拿出来看一看……”

马成龙的眼睛里露出了柔光，但立即颤抖着双手把盒子摔到了地上，大叫道：“骗我！你们输了，才想出这些谎话骗我！”

金老大呼呼地喘着粗气，右手捂着胸口，对着失态的马成龙道：“你……你过来！”

听到失语了二十年的金老大讲话了，三个徒弟都愣住了，并不约而同地跪在了地上。

金老大摸着马成龙的头顶说道：“我知道，你……你恨我，可你……你不知道……”

原来，马成龙也是金老大的儿子。他和金子惠是同父异母的亲兄妹。之所以没告诉马成龙，金老大也有难言的苦衷。金老大的手顺着马成龙的脸摸了下去，摸到了他的怀中，那个药瓶被金老大拿了出来。

金老大抬起手来，“啪”地给了马成龙一个耳光，喊道：“当年，是我拜托澳洲的熟人在照顾你，你才能成为今天澳洲的鱼唇王！我当年这么做的确是狠心，我怕在你死去的娘面前没法交代，于是就惩罚我自己从此不说话。可是你冷血、嚣张，你还吃这种中枢神经兴奋剂……我真的很伤心，很伤心啊！”

马成龙满脸是泪水，这时候，他好像忘记是来复仇的。

突然，金子惠望着父亲已经憋得像猪肝一样的脸色，哭叫道：“父亲快不行了！”

邱天啸急忙摸出手机，给守在门口的救护车打电话。一会儿，三名医生提着担架冲进厨房，把金老大抬到车里。救护车载着邱天啸和金子惠呼啸着直奔圣玛丽医院而去！

马成龙跟着冲出酒店大门，猛然间，一口鲜血喷了出来，他“扑通”一声倒在了台阶上。望着救护车远去的影子，他撑起身说道：“父亲，总有一天，你会原谅我的！”

尾声

第二年春天，金老大领着女儿和邱天啸来到澳洲悉尼市郊的爱舍公墓，在一片草地上，他们找到了马成龙的坟墓。

简洁的大理石墓碑上没有刻字，上面只有马成龙的照片。照片上的马成龙笑得很温和。不远处，有一位穿着风衣的英国少妇，她正带着一个混血的小姑娘在给墓园清除杂草。

谁也没想到，给金老大捐心的竟然就是马成龙！

当马成龙被查出已是肝癌晚期的病人后，他去了美国治疗。在医院的网站上，他看到了圣玛丽医院发出的有关师傅金老大要换心和需求匹配心脏的帖子后，就有了把自己的心脏换给师傅的想法。真没想到，检查后竟全部合格。

那封匿名邮件就是他委托美国国立医院发的，而他吃的药并不是什么中枢神经兴奋剂，而是一种能减少金老大换心后排异反应的最新药物。

在去香港前夕，马成龙对妻子说了自己要捐心脏给师傅的想法。他还说，这辈子他最大的遗憾是在澳洲找不到竞争对手。现在，他要去找师兄师妹了却这个心愿。让师傅和师兄师妹看看自己对中国菜的理解……

金子惠满脸泪痕，献上了白玉兰花。正在拔草的小姑娘跑过来，对着三个人"嘘"了一声，说道："小声点儿，'爹地'在睡觉呢，你们是谁啊，请不要吵醒他！"

马成龙竟有一个女儿？那个英国少妇就是马成龙的妻子琼斯？

金老大一把将小姑娘抱在怀中，哽咽着问道："孩子，你叫什么名字啊？"

"马鱼唇王！"小姑娘天真地回答。

琼斯走了过来，替自己的女儿解释道："她叫马于春旺！"

"马——鱼唇王，马——鱼唇王！"金老大叨咕着这四个字，紧紧地把孙女抱在怀中，他的心脏"咚咚"地跳着，泪已流了下来……

至尊神仙汤

都说龙生龙，凤生凤，老鼠的儿子会盗洞。金八爷的祖上可了不得，那是给慈禧太后做菜的御厨，只不过御厨的手艺传到金八爷这代没落了，可是倒流河子的老百姓抬举他，谁家娶媳妇生孩子啥的有点事儿，还是要把金八爷请去掌勺才称得上有脸面。

金八爷有个儿子，名叫金有财，因为患有鼻炎，鼻子底下经常挂着两条大鼻涕，村民们就给他起了个外号叫金大鼻涕。金大鼻涕给金八爷切墩，金八爷扎着油布的围裙炒菜，父子二人做的家乡菜吃得倒流河子的老少爷们儿一个个连连点头。金大鼻涕一晃长成了二十出头的大小伙子，金八爷再也乐不起来了。别看金大鼻涕整天挂着两条大鼻涕，可是心气还挺高，他不想在农村待了，非要进城去闯一闯不可。

金八爷说啥也不同意，可是金大鼻涕却是王八吃秤砣，铁了心想进城。金八爷一着急，从箱子底拿出了一个小红木盒子，“啪”的一声打开，里面竟是两张发黄的绢纸，金八爷指着绢纸叫道：

“看到没，这就是你祖爷爷留下的慈禧太后御用的汤谱啊，只要你跟爹好好干，爹就把这宝贝汤谱传给你！……”

没想到这金大鼻涕也挺拧，灯红酒绿的城里可比这干巴巴的宫廷汤谱强多了，金大鼻涕义无反顾地来到丰城县，他从一个食堂的厨子干起，五年后，他遇到了从湖南来这里打工的沈幺妹，两个人合开了一家小饭店，又干了三年，金大鼻涕摇身一变，竟成了龙翔大酒店的老板了。

龙翔大酒店开业后，生意一直不是很好，金大鼻涕找个餐饮业的高人一咨询，才找到龙翔酒店生意不好的病根，那就是少了几道拉人的招牌菜啊。

要说起丰城各大酒店的招牌菜，那可真是花样百出啊。什么龙蛇鸳鸯羹、雪豹肉三吃，更前卫的龙凤大酒店竟从泰国买回来了二十条大鳄鱼，独家鼎力推出了红烧帝王鳄。竞争也太激烈了，金大鼻涕真的有点不知所措了。

这几天金大鼻涕正在为招牌菜发愁呢，忽然手机响了，电话竟是他爹金八爷打来的，金八爷先劈头盖脸地把他臭骂了一顿——先骂他三十岁的人了，也不知道娶个媳妇，耽误自已抱孙子了，骂完，金八爷才问儿子在法院认得人不，原来倒流河子在去年修了个农药厂，严重污染环境，金八爷组织村民，正想到法院告农药厂的厂长邱秃子去呢。金大鼻涕一听老爸讲话，脑袋忽悠一下子，猛地想起了那个装着汤谱的红木匣子，如果那匣子里真的是前清慈禧太后留下的御用汤谱，那他可就发达了。

金大鼻涕满口答应帮父亲在法院找人，他放下手机，急忙把副总沈幺妹叫了进来，这个沈幺妹现在每天帮金大鼻涕在酒店中上下打理，可是他的好帮手，两个人早就同居了，现在就差明媒正娶，把婚事挑明了。

金大鼻涕叫幺妹到礼品店买了不少好东西，然后他开着自己的红色马自达车，顺着乡镇公路，一直来到了倒流河子。

邱秃子的农药厂就在倒流河子村边，闻着农药厂发出的刺鼻怪味，金大鼻涕也是被呛得直皱眉头。金八爷见儿媳妇第一次上门，两只眼睛都乐得眯成了一条细缝，幺妹把西洋参、蜂王浆和各种珍稀的海产一样一样的都拿出来，金八爷笑着嗔怪道："自家人，干啥还这样破费啊！"

幺妹嘴甜，把金大鼻涕这些年打拼的心酸经历添油加醋地说了出来。金八爷连连点头，瞪了一眼儿子说道："看在幺妹的面子上，我今天就原谅你这个小兔崽子了！……"

金大鼻涕亲自下厨，做了一桌子的好菜，算是给老爷子赔罪。半瓶茅台酒下肚，金八爷的舌头就有些短了，父子二人说着说着就说到了农药厂，原来这都是丰城县的副市长冯大肚子冒的坏水，他竟把广东一家外迁的剧毒农药厂安排到了倒流河子，原来清澈的倒流河水现在已经成了乌泥汤，养鸭鸭死、养鸡鸡亡，老百姓深受其害，金八爷现在正领着村民们上告呢。金大鼻涕一边听，一边点头，最后说道："爹，我在法院有熟人，这个忙我能帮……只不过冯副市长是邱秃子的后台啊，这事情有点不好办，实在不成，您就跟我进城去住吧！"

金八爷一摆手说道："不去，我哪儿也不去！"金大鼻涕连连点头，又给老爷子敬了两杯酒，然后借着酒劲儿，把酒店缺少招牌菜，眼看着就要支撑不下去的紧迫局面一说，半醉的金八爷把酒杯一顿，吼道："干啥，我看你和农药厂的邱秃子是一伙的，来到倒流河子，就是黄鼠狼给鸡拜年，没安好心，你小兔崽子是不是想算计那两张宫廷汤谱啊？"

沈幺妹一见要坏菜，急忙端起酒杯在旁边打圆场。金八爷一摇脑袋，说道："今个儿就把话挑明了吧，我那两张菜谱确实是慈禧太后用过的——一道名叫至尊汤，一道名叫神仙汤，可是当初你小兔崽子不听话，今天，这两张汤谱说啥也不给你！"

沈幺妹急忙在旁边劝，劝了好半天金八爷才消火，他想了想，说道："我今个儿决定了，就把这两张汤谱给我孙子留着，你们想要，拿孙子来换吧！"

金大鼻涕气急败坏地和沈幺妹回到丰城，他一拍桌子叫道："结婚，发请柬，我要马上结婚！"

就这样，金大鼻涕和沈幺妹结婚了，一年后，沈幺妹终于生下了一个大胖小子，找到酿名斋的老板，花了两千块，给孩子起了个大名叫金大福，小名叫金不换。金大鼻涕和老婆沈幺妹抱着儿子金不换坐车回到了老家，望着嫡嫡亲的孙子金不换，金八爷高兴得直淌眼泪。

金八爷看儿子以前托着两条大鼻涕的衰样子，哪想到自己也能抱上孙子啊。酒至半酣，金大鼻涕对喝得直打晃的老爹一提那两道宫廷汤菜，金八爷摸着孙子金不换的大脑壳，说道："那还用说，那汤菜秘谱当然要传给我孙子，不过那得等到他长到十八岁啊，你个小兔崽子要是孝敬你爹，就帮老子把那农药厂告倒，那个邱秃子简直坏透腔了！”

邱秃子的后台是冯大肚子，这官司还能打赢？金大鼻涕胡乱答应几声，又灌了老爹几杯酒，金八爷不胜酒力，最后脑袋一歪，倒在床上呼呼地睡着了。听着金八爷的呼噜声，金大鼻涕悄悄地把金八爷腰上的那串钥匙摘了下来，开箱子，取出那个神秘的红木盒子，哆嗦着两只手，把里面那两张御用的汤谱拿了出来，小心翼翼地揣到怀里，然后又把盒子放回到箱子里。

第二天一大早，金大鼻涕推说酒店有事，开着车，抱着儿子金不换跑回了丰城。

金大鼻涕亲自下厨，按照汤谱上的记载，买来了原料。这两道秘汤各有特色，一道叫至尊菊花汤，另一道为神仙木瓜汤，虽说这两种汤的主料是菊花和木瓜，可是里面的配料都是好几十种，金大鼻涕关门研究了十多天，不管是汤头还是汤色都熬到了极点，一尝，那滋味果然与众不同，终于在半个月后，重磅推出了龙翔大酒楼的特色招牌菜——至尊菊花汤和神仙木瓜汤。

冯大肚子一听金大鼻涕研究出慈禧御用汤，急忙上门，亲口一尝，不由得连声叫绝，急忙给邱秃子打了个电话，约他到龙翔大酒店品尝至尊菊花汤和神仙木瓜汤。

正在邱秃子和冯大肚子喝得兴高采烈的时候，金八爷一脸急色，“砰”的一声，推开了包厢的房门，直眉愣瞪地闯了进来，他望着点头哈腰，不停地给邱秃子和冯大肚子敬酒的儿子骂道：“小兔崽子，你是不是把我的汤谱给偷了出来？”

金大鼻涕一见要坏事，急忙把老爹往外推，金八爷抬手“啪”的一声，就给了儿子一个大耳光，他看着邱秃子和冯大肚子面前的汤碗，冷笑着说道：“两位，这御用鲜汤滋味如何？”

邱秃子翻了翻眼睛不说话，金大鼻涕急忙给冯大肚子介绍，说金八爷是自己的老爹，冯大肚子也知道金八爷现在正找邱秃子农药厂的麻烦呢，他站起来，拍了拍金八爷的肩膀，说道：“这汤真是天下第一美味啊！我和金老板关系不错，以后大家认识了，我们就是一家人了！”

“不敢当啊！”金八爷不屑地道，“照说你们都是见过世面的人，怎么能这样喝汤啊。慈禧太后的御用汤可不是这样喝的呀？”

邱秃子转了转眼睛，说道：“慈禧太后怎么喝？”

金八爷笑得直捂肚皮：“这汤不能用嘴巴喝，因为这是慈禧太后的洗脚汤啊！”

原来金八爷的祖上并不是什么御厨，只是慈禧太后御厨房中一个切墩的小伙计，因为母亲身体不好，夜里经常盗汗，就花了五十两银子，从慈禧太后的洗脚太监那儿买了这两张洗脚药汤的方子，那菊花的汤方是慈禧太后夏天消暑用的清凉汤，而木瓜那个方子，是慈禧太后冬天用的暖脚汤。

邱、冯二人竟然把慈禧太后的洗脚汤当补品喝了。这也太荒唐了，两个人连呕不止，把吃到肚子里的山珍海味都吐了出来，冯大肚子吐得面无人色，临走前，指着金大鼻涕的脑门怪叫道：“你等着，用不了十天，我就叫你们的酒店关门！”

金大鼻涕吓得一屁股坐到了地上。金八爷从怀里掏出了一封信，上面是省环保局关于倒流河子农药厂污染环境给他的回复，他对胆小的儿子一挥信，骂道：“小兔崽子，你给我站起来，就是酒楼不开了，你老子也要把这两个狼狈为奸的狗东西告倒！”

十天后，龙翔酒楼没有被关停，邱秃子和冯大肚子却被省里来的检查组给审查了，这两人一个行贿一个受贿，而且数额巨大，最后都到南山监狱啃窝头去了。

龙翔大酒楼给这对贪官和恶商喝洗脚水的故事在报纸上一披露，立刻成为社会各阶层人士谈论的话题，虽然褒贬不一，可是却再也没人敢到龙翔酒楼来订餐吃饭来了。

看着儿子整天愁眉不展，金八爷大手一挥说道：“干啥要在一棵树上吊死，我们可以改行啊！”龙翔大酒楼被改成了龙翔足浴中心，因为那两种足浴确有神奇的健身疗效，来这里做足疗的人，竟比原来到这里吃饭的人还要多。

智取城防图

女作家

上海市闸北区的警察署署长就是邱毅。邱毅十年前留学英国专修的是刑侦专业，回国后，因为屡破奇案，积功而至警察署署长。

汤恩伯率领着二十万中央军困守着大上海。中共第三野战军已经把上海这座孤岛围成了铁桶。上海市的外部危机四伏，城市内部则更是乱成了一锅粥。

胡荆山倒买倒卖紧俏物资，趁着战乱大发国难财，据说他这几年赚的钱都能买下大半个上海了。汤恩伯的部队正好缺粮少饷，要知道砍倒大树有柴烧，查办了胡荆山，守城部队所需的庞大军饷自然就有着落了。

邱毅奉汤恩伯之命领人逮捕胡荆山的时候，却迟了一步，胡荆山在自己的身上淋满了香蕉水，然后倒在卧室的床上自焚身亡了。

胡荆山的家里只剩下一个空壳子，根本就没有几件值钱的东西，最急人的是他那口装满金银财宝的虎鲨保险柜也不翼而飞了。邱毅最后在胡荆山卧室的衣柜后，发现了一只英国潘尼托克公司制造的飞鱼牌保险箱。因为这只小保险箱里面装有自毁装置，所以邱毅也就没敢动它。

这天一大早邱毅来到警局，刚从烟盒里摸出一支巴拿马的雪茄，就听桌子上的电话“哗”的一声响了。电话是探长柳猴子打来的，原来德国保险柜专家科林曼已经乘飞机来到上海虹桥机场了。

闸北区的警署不惜重金把科林曼请到上海，为的就是开启奸商胡荆山家里的飞鱼保险箱。

科林曼头发金黄，挺胸昂首，一副目中无人的样子。邱毅一边和科林曼握手，一边屏住了呼吸，这家伙身上的狐臭味太重了。

邱毅略懂德语，他和科林曼交流并无大碍。邱毅把科林曼接进警署，简短地介绍完情况，急性子的科林曼“嗖”地站起身来，他现在就想开那只飞鱼保险箱去。

邱毅其实比科林曼还要着急，他假装客气了一番，见科林曼坚持，索性就顺水推舟了。他抄起桌子上的电话，把电话直接打到了闸北监狱，跟典狱长说要提锥子六。典狱长用颤抖的声音说道：“邱署长，不好了，锥子六一大早就越狱逃跑了！”

锥子六是上海滩最有名的保险柜大盗。他凭着一把带钩的锥子，曾经捅开过无数富商巨贾家的保险柜，没有了锥子六，胡荆山家里的保险箱自然打不开啊！

邱毅正要发通缉令缉拿锥子六，就听办公室的房门"咣"的一声被人推开了，探长柳猴子一头闯了进来，邱毅正要骂人，柳猴子结结巴巴地道："署长，锥子六被女作家嫣红抓住了，女作家已经将人犯扭送到警察局来了！"

这可真是想娘家人就来了个舅舅，邱毅兴奋得连声喊好。女作家嫣红家住嵊泗岛，不仅人长得漂亮，一支生花的妙笔，将她自己出版的每部爱情小说都写得荡气回肠。特别是她最近推出的小说《黄埔滩之恋》更是缠绵悱恻，轰动一时。邱毅也是嫣红的粉丝。

锥子六从监狱里逃出来，竟溜到街上去偷嫣红的手包，嫣红的贴身侍女杏儿功夫不弱，她三拳两脚便把锥子六打倒在地，就这样，倒霉的锥子六出了监狱，一转身就又回到了警察局！

邱毅急忙接了出去。嫣红穿着一身巴黎闪光缎的旗袍，胸口绣着一朵怒放的金菊花。杏儿紧捏粉拳，瞪视着蹲在地上的锥子六。锥子六被揍得鼻青脸肿，看模样特像《十五贯》中的那个坏蛋娄阿鼠。

嫣红和杏儿今天乘船从嵊泗岛来到上海滩，她们找邱毅也是有事。原来胡荆山也是嫣红的粉丝，嫣红那本畅销小说《黄埔滩之恋》出版后，胡荆山大为欣赏，特意找到嫣红，朝她借阅手稿……可是胡荆山自焚身亡后，嫣红的手稿就不知下落了。

邱毅正要到胡荆山家去呢，这个代寻书稿的顺水人情他满口应承了下来。嫣红和杏儿上了邱毅道奇车的后座，科林曼和锥子六上了另一辆黑警车，一行人直奔霞飞路 6 号——胡荆山的家。

海神庙

科林曼是虎鲨保险柜公司的副总工程师，他自然明白英制飞鱼保险箱的构造原理。他走到嵌在墙上的那个飞鱼保险箱面前，抬手摸了一把保险箱门上的六重密码盘，用德语说道："找到钥匙，我就可以打开它！"

邱毅用手一指锥子六说道："他就是钥匙！"

科林曼看着形象猥琐的锥子六耸了耸肩膀，那神情是明显的不信。锥子六也不说话，从衣兜里摸出了一个牛皮夹子，皮夹子里面竟是十多把长长短短带钩的锥子，这些家什就是锥子六的作案工具。科林曼拿出了个紫铜做的听筒放在耳朵上，然后将听筒的另一端贴到了保险箱的箱门上，经过十几分钟的密码调整，他最后把那六重密码盘设置成了 967821。

锥子六一见科林曼设置好密码，朝邱毅要过了一副手套，然后拿起一把顺手的锥子伸进了钥匙孔里，鼓捣了三五分钟后，锥子六猛地一撤锥子，就听"嘎"的一声响，保险箱的箱门便被打开了。

邱毅还没等喊好，就见锥子六的两手上竟冒起了淡蓝色的电火花——保险箱一旦被打开，里面的电源就会被自动接上，保险箱已经通上了高压电，锥子六被电击得一声怪叫，两手冒烟，一个跟头，人已经倒着飞了出去。

嫣红站在旁边看热闹，吓得一捂嘴巴，杏儿也发出了一声尖叫。锥子六若不是戴着手套，恐怕这条命今天就没了。邱毅一边叫警探抢救昏倒的锥子六，一边找来一把大掸子，他用掸子的木把将保险箱中的一沓纸拨到了地上——这就是嫣红的手稿啊。保险箱中除了嫣红的那部手稿，邱毅竟然没有找到任何关于虎鲨保险柜的线索。

《黄埔滩之恋》手稿的扉页上写着一串毛笔数字——2653219317551269010778911。邱毅对胡荆山的字很熟悉，打眼一瞧，就知道毛笔字是出自那个大奸商之手。胡荆山写这串数字是什么意思，难道这串数字和那口失踪的虎鲨保险柜有关？

邱毅看着那串密码似的毛笔字对嫣红说道："嫣红小姐，我觉得这本手稿上的密码和警局要找的虎鲨保险柜有些关系！"邱毅的意思是要把这本手稿带回警局拍照存档，研究一下，明天一大早，他会亲自派人将手稿给嫣红送到嵊泗岛。

嫣红对着邱毅嫣然一笑，点头同意。这个嫣红太漂亮了，邱毅看着嫣红腮边的酒窝竟有一种眩晕的感觉。送走了嫣红，邱毅领人回到了警察局。科林曼被他安排到了锦江宾馆。锥子六被锁到了警察局的拘留室中。七八个警察不眨眼睛地看着他，可真的不能再叫他逃跑了。

邱毅在德国留学的时候曾经研究过破译密码，对于一些简单密码的编程，他倒是非常熟悉。等他仔细一研究《黄埔滩之恋》手稿扉页上的那五个密码，竟哑然失笑了，这种先找书页，然后再按行找字的密码真的是太小儿科了。比如这个26532指的就是265页第3行第2个字——那是一个"保"字。

将这串密码翻译成一句整话，就是——保管好钥匙!

邱毅第二天一大早起床，陪科林曼吃过早点，然后就押着锥子六来到了旧码头。邱毅拿着警备厅开出的特别通行证过了港口的军检，一行人坐了半个小时的汽船，终于登上了这座曾经被诗仙李白称作“海外有仙山”的嵊泗岛。

嫣红就住在嵊泗岛的一个雅致的小院中，书房的白墙上挂着清代画家石涛的《眠山睡溪图》，书桌上的花瓶中，还插着一束金黄色的菊花，衬托着书房主人的高贵与脱俗。

嫣红和胡荆山的关系并不一般，这座院子就是胡荆山出资修建的。邱毅把随从都打发到了屋外，他把手稿扉页上密码的内容和嫣红一说，嫣红却甜甜地笑了，胡荆山上次来岛上借书的时候，曾经拜托她代为保管一个盒子，谁知道红木盒子里面装的是什么东西?

嫣红在书架上取下了红木盒子，邱毅两手用力一扳，“咔嚓”一声，将上面的铜锁掰了下来。打开盒盖，里面竟是两把镀金的长把异形钥匙。

邱毅把这两把钥匙交给了科林曼，科林曼当时就认出，这就是虎鲨保险箱的专用钥匙。一口虎鲨保险柜一共三把钥匙，现在找到了两把，缺的第三把钥匙一定还在胡荆山手里。胡荆山死后那把钥匙就神秘地消失了!

找到了两把虎鲨保险箱的专用钥匙，邱毅就不虚此行。邱毅和嫣红说了几句闲话，然后话锋一转说道：“胡荆山到嵊泗岛都干了些什么？”

嫣红脸色一红说道："胡先生来嵊泗岛，我们会吃吃饭、钓钓鱼，散完步，他一个人就会去海神庙拜谒龙王！……"

嵊泗岛的海神庙就是胡荆山捐资修建的，那也是他的一处私产。虎鲨保险柜会不会藏匿到了那里？

杏儿扶着嫣红给邱毅带路，一行人沿着岛上的贝壳路来到了海神庙。胡荆山活着的时候曾经派十几个精干的手下守着那座海神庙，胡荆山自杀身亡后，因为没有了工钱，他那十几个手下就各奔前程了。

海神庙是一座大庙，黛瓦朱门，巍峨气派。因为战乱，庙里只剩下三个老弱不堪的和尚，邱毅领人一搜，终于在偏殿庙墙上一幅巨大的《西海仙山图》下面，发现了那口硕大的虎鲨保险柜，保险柜就被垒砌在偏殿的石头墙内。

科林曼在来中国之前，就已经查过虎鲨保险柜公司订货的清单——胡荆山在五年前，曾经向他们公司订过两只大型的虎鲨保险柜。那两只虎鲨保险柜运抵上海后，胡荆山捐给了市政厅一只，现在那只虎鲨保险柜已经被汤恩伯弄去盛放绝密文件了。

谁会想到狡猾的胡荆山竟把虎鲨保险柜运到嵊泗岛，然后垒砌到海神庙的庙墙中了呢。

虎鲨保险柜的柜身上有三个距离很远的钥匙孔，那上面的密码盘竟是十位数的！

保险柜

打开虎鲨保险柜不仅要密码正确，而且还要三个人同时将三把钥匙分别插入到钥匙孔中，一起转动才成。锥子六能开一个锁头不假，可是他却分身乏术，自然没有办法对付三个钥匙孔。科林曼是潘尼托克公司的副总工程师，可是他也不知道保险柜的准确密码。

通常虎鲨保险柜出厂，厂方都会送给用户一个密码手册，保险柜上的密码一旦设定后，是会随着时间和月份的变化而变化的。也就是说，这种虎鲨保险柜是一种带有人工智能型的保险柜。

潘尼托克公司并没有密码本的副本。也就是说，如果连续输错三次密码，面前的这口虎鲨保险柜就会自动锁死，只有等一个星期后才能开启了。

科林曼刚讲完，邱毅笑道："如果德国保险柜公司的副总工程师都打不开保险柜，那么谁能打开这保险柜？"换句话说，如果用户一旦将密码本丢失，那么厂家总得有一套应急的开启保险柜的办法啊!

科林曼翻了翻蓝眼睛，说道："办法当然有，只不过这个办法只能用一次！"

虎鲨保险柜公司为了预防用户的密码本丢失，每只保险柜都设计了一套应急的密码，只不过每只保险柜的应急密码本都锁到了公司的保险柜中，没有总经理、总工程师和科林曼的三把钥匙，谁也不能打开保险柜取得应急密码。

科林曼来中国之前，因为搞不清是胡荆山的哪只保险柜出了问题，他就打开了公司的保险柜，取得了那两只虎鲨保险柜的应急密码。应急密码只能输入一次，输入了应急密码后，这只虎鲨保险柜的密码锁就将彻底报废，保险柜只有换取新的密码锁才能重新启用。

科林曼确认了这只虎鲨保险柜的编号，然后按照9473201332的顺序把密码盘调整成应急密码状态，接着他把两把钥匙分别插进了钥匙孔中，邱毅、科林曼手里各拿了一把钥匙，锥子六手上戴着手套，他把锥子伸进了第三个钥匙孔，然后抹了一把冷汗说道："这只保险柜中不会再有高压电了吧？"

科林曼冷笑道："这只保险柜不会再有电，但是一旦遇到暴力开启，就会自己爆炸的！"

嫣红站在了偏殿的门口，杏儿就立在她身边。嫣红望着开启保险柜的三个人的眼睛里也是专注的神情。

随着两把钥匙和锥子六的锥子一起转动，就听保险柜中"叮叮叮"三声响，厚重的保险柜的柜门竟然纹丝未动，保险柜竟然自己锁死了。

很显然，不是科林曼的密码有问题，就是那三把钥匙出了问题！邱毅一见功败垂成，伸手一把抓住了锥子六的脖领子，吼道："说，是不是你小子搞的鬼？！"

锥子六连声叫屈，科林曼从邱毅手中接过钥匙一看，不由连叫了几声上帝——原来那钥匙齿上已经被人用细钢锉锉过了。怪不得保险柜打不开，毛病竟然出在了钥匙上！

保险柜被自动锁死，就是上帝和佛祖一起降临也没有办法了！望着连连摊手的科林曼，嫣红轻盈地走过来，说道："我读过德国作家理斯科的小说《打开纳粹的保险柜》，那里面就写着如何打开锁死的虎鲨保险柜的方法！”

虎鲨保险柜为了防止被人暴力开启，厂家在保险柜内装有十几处烈性炸药和自动起爆机关，那部小说中描写的那个英国间谍，熟知虎鲨保险柜的构造，保险柜被锁死后，他先用无声手枪在保险柜的柜门上打了两个孔洞，然后通过弹孔，英国间谍将里面红色的起爆电线断开，再把两根绿色的电线用一根外线连接到一起——“轰隆”一声爆炸后，保险柜的柜门就自己炸开了，而保险柜中其他几处爆炸装置因为感应电线被断，则不会爆炸。因为虎鲨保险柜中的秘密文件都装在里面的钢抽屉里，箱门的爆炸对保险柜内部不会产生大的影响，英国的间谍就这样轻易地取得了虎鲨保险柜中的秘密文件。

科林曼听完，对着嫣红也是连竖大拇指，嫣红说的这个办法果然直击虎鲨保险柜的死穴，从道理上真的可行。只要将保险柜里面两根红色的起爆电线断开，保险柜中其他的自爆装置自然就不会爆炸，保险柜的柜门自爆后，里面的文件自然唾手可得！

科林曼走到保险柜前，用口水在上面点了两个湿点。嫣红对邱毅做了个开枪射击的手势。邱毅迟疑地拔出了勃朗宁手枪，对着保险柜门上那两个口水点“砰——砰——”就是两枪。保险柜的柜门上被打出了两个窟窿。枪声过后，科林曼一手拿着镊子，一手拿着尖嘴钳子冲到了保险柜前，他快速地剪断里面红色的电线，然后用一根外接电线将保险柜里面两根绿色的电线接到了一起。

殿里的人急忙闪到了殿内的佛像后，就听“轰隆”一声闷响，黄烟滚滚中，虎鲨保险柜的柜门自爆后，翻滚着被炸得飞了起来！未等硝烟散尽，邱毅疾奔上前，从保险柜中取出了胡荆山的藏宝图。可是还没等他展开藏宝图，就听偏殿的殿门“咣”的一声被人一脚踢开，从外面闯进了十几个手持短枪的大汉。

邱毅的几名手下想要反抗，没想到那大汉手枪一晃，一阵鸡叨碎米般的点射后，邱毅的几名手下全部中枪倒地，邱毅偷偷地拔出手枪，还没等射击，就见那大汉左手一挥，一把尖刀闪电一样飞了过来，正中他的右臂，邱毅一声惨叫，手枪“咔”的一声，掉到了地上。

科林曼面对黑洞洞的枪口吓得一声怪叫，抱头坐到了地上。锥子六“吱溜”一声，直奔后殿门，正要逃走，杏儿紧跑几步，低身一个扫堂腿，锥子六“妈呀”一声，摔成了滚地的葫芦。

那个领头的大汉就是解放军三野特务连的秦连长，他走到嫣红面前“啪”地敬了个军礼，说道：“请唐站长指示，怎么处理这批俘虏！”

嫣红的真名叫唐嫣红，是中共设在上海地下联络站的站长。上海地下党所有的行动都是通过她指挥的。

邱毅一见唐嫣红竟是中共上海地下党的负责人，怪叫一声冲了上去，左手猛地抽出腰中暗藏的匕首，抵在了唐嫣红雪白的脖子上。

秦连长指挥着特务连的战士，有条不紊地做着殿里的善后工作，面对唐嫣红被劫持，他竟视而未见。邱毅怪叫道：“快放我走，不然的话，老子一刀杀了她！”

杏儿站在旁边，调皮地挤挤眼睛说道："邱大署长，你听说过北平有个唐拳门吗？"

唐拳相传是石敬德所留，号称打遍北平没对手，中国人谁没听说过？杏儿刚要说唐嫣红就是唐拳掌门大小姐的时候，邱毅就已经被唐嫣红的两只拳头击中，然后腾云驾雾般飞了出去！……

险任务

唐嫣红利用她自己写在小说手稿扉页上的密码，轻易地就把邱毅一行人吸引到了嵊泗岛上。那把被锉过的保险柜钥匙，就是唐嫣红做的手脚，其目的就是试验一下没有钥匙，是否可以打开虎鲨保险柜。

唐嫣红的意思很明确，摆在三个人面前的只有两条路，一生一死。生路就是帮解放军做事，将汤恩伯的警备司令部中的虎鲨保险柜打开，取出里面的上海城防守备图。否则就是与人民为敌，绝对是死路一条了。

解放军大兵压境，上海市岌岌可危，邱毅也不是笨蛋，他也得为自己留条后路啊。更何况邱毅暗恋唐嫣红，思前想后之下，邱毅就决定投靠共产党。

可是邱毅听完窃图的任务，眨巴了几下眼睛，又狐疑地道："可是我们身在嵊泗岛，怎么能盗出汤恩伯警备司令部中的城防图呢？"

唐嫣红笑道："我们这就回上海！"科林曼供出了另一只虎鲨保险柜的应急密码后，就被秦连长派人送到了已经解放的苏州，关入老虎桥监狱软禁了起来。

而锥子六天生就是贪生怕死的墙头草，唐嫣红没有办法，只得用上海青帮惯用的延时发作的毒药搞定了他。锥子六毕竟是最佳盗窃保险柜钥匙的人选啊。

秦连长在海神庙中伪造了一个邱毅遭伏的假现场。受伤的邱毅就这样领着唐嫣红和锥子六坐船又回到了上海。

邱毅根据胡荆山留下的那张复杂的藏宝图，终于成功地在海滨的船坞找到了第一批财物——三十木箱子大洋。汤恩伯决定在警备厅亲自设宴，嘉奖邱毅。唐嫣红一身黑衣，头上戴着镶钻的船形帽。她扮成了邱毅的女朋友，锥子六化装成仆人跟在了两人身后，可是到了警备厅门口，锥子六却被挡在了门外，卫兵只许邱毅和唐嫣红两个人进去。

警备厅的舞厅里灯火辉煌，音乐靡靡。军、政两届的头面人物都已经到场。汤恩伯先是发表了简短的致辞，正当他要给邱毅颁发青天白日勋章的时候，埋伏在外面的上海地下党动手了，警备厅院外枪声骤起，警备厅的后门“呼”的一声被人用汽油点燃了，随着供电的电线被地下党用老虎钳子狠狠地掐断，警备厅的大院立刻陷入了一片黑暗之中。

舞厅中乱成了一锅粥。女人的尖叫和酒瓶子被摔碎的声音此起彼伏。唐嫣红趁着混乱闪出了楼门，她攀着警备厅大楼的楼角，燕子似的直接上了五楼，她用力扯开楼窗外面的铁栅栏，轻身翻落到五楼的走廊内。

五楼的机要室门外面还亮着一盏昏黄的备用电灯，两名端着汤姆森冲锋枪的卫兵笔直地站在那里，唐嫣红扭动腰肢，风情万种地走了过去，那两个卫兵竟看呆了，平时只听说在《聊斋志异》里有献身的艳女，今天这是不是梦境呀？其中一个高鼻子的卫兵警惕性颇高，他晃荡了一下脑袋，缓过神来，刚要问干什么的，唐嫣红挥起胳膊“呼呼”两掌，刀锋般的手掌正砍到两人的脖子上。看着两名卫兵口吐白沫死在了地上，唐嫣红俯身拾起一把冲锋枪，然后掏出了万能钥匙，打开了机要室的铁门。

唐嫣红借着机要室中两盏备用电灯昏黄的亮光，发现紧靠着机要室的北墙上，立着的就是那只虎鲨保险柜。唐嫣红端起手中那支汤姆森冲锋枪，正要开枪打眼，然后实施暴力开启计划，就听大楼的楼顶上响起了警报器尖利的啸叫声。

汤恩伯不愧为反共老手，他竟在机要室中安装了美国最先进的X射线报警仪，只要有人闯入了机要室，警报器就会发出尖利的啸叫声。

楼下的卫兵沿着楼梯跑向五楼，“咚咚”的脚步声密如鼓点，唐嫣红急得一跺脚，心知今天盗图的计划已经失败了。她一咬牙，举起汤姆森冲锋枪对着虎鲨保险柜柜门扣下了扳机……很显然，她要利用这只保险柜的自爆功能，彻底毁掉柜子里面的城防图。

“哒哒哒哒”一梭子子弹射出了枪口，那只虎鲨保险柜的柜门被飞射的子弹打成了蜂窝，可是保险柜却一点儿自爆的样子都没有，很显然这只虎鲨保险柜是赝品，真的虎鲨保险柜竟然叫汤恩伯藏起来了。

唐嫣红急忙冲出机要室，望着从楼梯口冲上来的卫兵头顶钢盔的亮光，唐嫣红精灵似的纵出了楼窗，然后用双手抠着楼角的砖缝，快速地向地面落了下去。那帮卫兵冲到了五楼上。四下找不到人，他们把枪口伸出漆黑的楼窗“砰砰砰”地对着外面胡乱开枪。一颗子弹擦着唐嫣红的耳边飞过，打落了她的一缕秀发。

警备司令部装着城防图的虎鲨保险柜就在五楼的机要室中，打开外面那个假保险柜的柜门，就会看到里面那个真正的虎鲨保险柜。邱毅动用他在上海的关系，没用两天的时间，就把虎鲨保险柜的藏身之秘打听清楚了。

开启保险柜的三把钥匙由特勤股牛科长、机要秘书黄占宇和警备营营长张得金分别保管。因为这是非常时期，这三个人根本不能回家，他们吃住都在戒备森严的警备司令部大院里。

这三个人反共透顶，属于根本不能被策反的对象。虎鲨保险柜的密码本就在汤恩伯自己手里。

因为有科林曼的应急密码，倒可以不用汤恩伯的密码本，可是怎么能把那三把钥匙弄到手，这可是目前急需解决的大难题！唐嫣红听邱毅汇报完毕，想了想说道：“我们只有一个星期的时间，咱们的任务明确，就是用胡荆山这只虎鲨保险柜上的两把钥匙，来个偷梁换柱，换下牛科长、黄占宇或者是张得金身上的两把真钥匙，另外一把就只能用锥子六的锥子解决了！”

想要弄到那两把保险柜的真钥匙，只有先把锥子六送进警备司令部。自从上次唐嫣红夜盗警备厅，警备厅已经如临大敌，没有警备司令部颁发的特别通行证，想要进去，那几乎是不可能的！

邱毅看着警备司令部自来水管的铺设图，一拍脑门说道：“有了！”

警备司令部旁边就是上海自来水三厂，如果将警备司令部另一端的出水管堵死，然后再由自来水厂对着供水管强行打压，警备司令部内的自来水管必然被憋爆裂……那么警备司令部就得请自来水厂的管路工人修理水管。这样锥子六就能混进警备司令部了。

唐嫣红一听这计划可行，急忙派秦连长去准备，上海自来水三厂有一个中共地下党的党支部，锥子六轻易地就成了自来水厂的管路工。

秦连长亲手拧死了警备司令部的地下输水阀，上海自来水三厂这边一打压，警备司令部里就听“咣——咣——咣”几声响，有五处自来水水管爆裂了！白花花的自来水喷泉似的溅了出去，警备司令部的大楼一下子成了水乡泽国。

上海自来水三厂接到警备司令部后勤股的电话通知后，急忙撂闸停水，锥子六混在十名管路维修工的队伍中直奔警备司令部大院。

城防图

果然天遂人愿，机要秘书黄占宇办公室的自来水管爆裂了。机要秘书室由于保密的需要，百叶窗紧闭，通风不畅，屋子里的自来水管路腐蚀严重，机要秘书室是警备司令部水管爆裂最严重的一处。锥子六踩着木地板上的水迹，冲进了机要秘书室。他借着换自来水管的机会，假装没站稳，一下子扑到黄占宇身上。

黄占宇一见这个猥琐的自来水管工倒在了自己身上，气得骂了一声“滚开”，然后抬起皮靴子，狠踢了锥子六屁股一脚。

锥子六被黄占宇一脚踢到了墙角，揉着脑袋哼哼唧唧地站了起来。黄占宇指着还在淌水的水管叫道：“快修，不然老子踹死你！”

锥子六急忙点头，蹲在地上鼓捣水管去了。其实锥子六早已经暗施手段，来了个真假钥匙交换。特勤股牛科长在二楼办公，警备营营长张得金的办公室在另一座楼内，那里的水管管路完好，锥子六没有接近另外两个人的机会。

几个小时后，自来水管路修完，锥子六不甘心地随着工友离开了警备司令部。

唐嫣红从锥子六手里拿到了唯一的一把真钥匙，因为目前尚缺一把虎鲨保险柜的钥匙，窃取城防图的第二套行动方案就没法实施。

唐嫣红神色如常，邱毅和锥子六却一脸的愁容。他们也不知道唐嫣红还有什么锦囊妙计。就在当天夜里，三颗被修管路的地下党安在警备司令部内的定时炸弹爆炸了。警备司令部大楼内一时间警报器鸣叫，院内探照灯乱扫。警备营的卫兵荷枪实弹，如临大敌，就好像解放军攻陷了上海市一样。随着炸弹的爆炸声，中共地下的电台发出了密码电报——中共地下党已经取得了上海市的城防地图，进攻上海的战斗可以很快打响了。

汤恩伯正在睡梦中，他也被楼里炸弹的爆炸声惊得浑身一哆嗦，醒了过来。中共的地下党已经把定时炸弹安到了警备厅的大楼内，看来偌大的上海滩真的没有一块安全的地方了。汤恩伯刚刚抹去额头上的冷汗，特务科科长就拿着那份被破译的电报急忙敲门走了进来，汤恩伯看到截获的那份中共密电，也是大吃一惊，他急忙披上外衣，把特勤股牛科长、机要秘书黄占宇和警备营营长张得金都找了过来。

机要秘书黄占宇的办公室中也有一颗威力不大的定时炸弹爆炸，他的左额角被飞舞的弹片剐开了一道口子，脑袋顶上不停地淌着鲜血，伤口被他用手帕强行按住，那血葫芦似的脑袋竟比从前线溃败的伤兵还要惨。

汤恩伯拿着那份破译的电报，不安地在卧室里踱步道："虎鲨保险柜是目前世界上安全系数最高的保险柜，密码只有我一个人知道，我们的城防图怎么能失窃呢？我看共军纯属是虚张声势！"

特勤股牛科长听完，不无担心地说道："司令，我可听说德国虎鲨保险柜制造厂的副总工程师就在咱们上海……他会不会已经落到共党手里了吧？"

汤恩伯听完心里也是一惊。看来城防图很有可能真的被盗，他领着三名手下直奔顶楼的机要室……汤恩伯输完保险柜的密码后，黄占宇哪里知道自己的那把钥匙是假的，保险柜试开了三次也没有被打开。最后虎鲨保险柜里"咔咔咔"三声响，柜门竟自动锁死了。一个星期之内是谁也别想打开这个保险柜了。

没有了调动二十万部队的城防图，汤恩伯也无法指挥上海防卫战啊。上海市城防地图只有两份，一份在汤恩伯手里，另一份在国防总长手里，现在的国防总长已经坐飞机跑到了台湾，汤恩伯保险柜中的这份城防图拿不出来，他要是向国防总长索要城防图，必然会被上峰严厉问责。看来汤恩伯只能向德国的虎鲨保险柜总厂求援了。

电报拍到了德国的虎鲨保险柜公司，可是虎鲨保险柜公司回电，因为副总工程师科林曼不在，他们也取不出保险柜中的应急密码。电报中，公司总裁告诉汤恩伯，科林曼知道这只锁死的保险柜的应急密码，找到他就有可能打开保险柜。可是汤恩伯派人一找科林曼，科林曼水蒸气似的早就在上海失踪了！

正在汤恩伯愁得快要撞墙的时候，唐嫣红这边正在开庆功会呢。她暴力启开保险柜不成，就来了个釜底抽薪之计，利用一把假钥匙，彻底锁死了虎鲨保险柜。上海市城防地图太复杂，那是十多个机要秘书画了一个月才弄出来的。

汤恩伯最后望着被锁死的虎鲨保险柜忽然哈哈大笑，唐嫣红得不到保险柜中的城防图，竟然抱着同归于尽的决心叫他也拿不到，汤恩伯咬牙切齿地道："共党分子不会想到，没有了保险柜里的这份城防图，台湾还有一份备用的。看来我们只能速调那份城防图了！"

黄占宇急忙去拍电报，半个小时后，台湾方面回电，国防总长同意将备用的那份城防图空运过来，命他们在虹桥机场做好接机的准备。

一架美国的军用 C–46 运输机从台湾的新竹机场起飞，警备营营长张得金领着重兵，早已将机场戒严——真的不能再让这最后的一份城防图出意外了。那架美国的军用飞机来到虹桥机场的上空，却没有降落的意思，飞机在张得金的脑袋顶上盘旋了两周后，发动机留下了两股呛鼻的青烟，然后直奔苏州方向飞了过去。十分钟后，这架飞机就在苏州的临时机场降落了。

这架飞机的机师和领航员竟是我党的地下潜伏人员，他们在上海上空劫持了飞行员，并在苏州迫降了这架 C–46 运输机。为了得到这份珍贵的上海市城防地图，唐嫣红真的是煞费苦心。

胡荆山原本是为我党工作的红色商人。他买空卖空，大肆倒卖紧俏物资，就是在为我军筹集军饷啊。在胡家别墅被烧死的那个人并不是胡荆山，而是一个入室行窃，被保镖开枪打死的小瘪三。胡荆山现在已经安全地撤到解放区去了。

胡宗南得知城防图丢失，气得将手里的茶杯“咣”的一声砸到了桌子上，纷飞的瓷器碎片深深地刺进他的手掌心，鲜血汩汩地流淌出来……

1949 年 5 月 23 日，我军对上海发动了总攻，到 5 月 27 日结束战斗，上海解放，前后只用了 5 天的时间。